中国最美古典诗词

婉约卷

杜晨曦 著

中国华侨出版社

图书在版编目（CIP）数据

中国最美古典诗词.婉约卷 / 杜晨曦著.—北京：
中国华侨出版社,2013.10 （2021.2重印）

ISBN 978-7-5113-4113-6

Ⅰ.①中…　Ⅱ.①杜…　Ⅲ.①古典诗歌–诗集–中国
Ⅳ.①I222.72

中国版本图书馆 CIP 数据核字（2013）第232293 号

中国最美古典诗词·婉约卷

著　　者 /	杜晨曦
责任编辑 /	文　喆
责任校对 /	孙　丽
经　　销 /	新华书店
开　　本 /	870 毫米×1280 毫米　1/32　印张/8　字数/200 千字
印　　刷 /	三河市嵩川印刷有限公司
版　　次 /	2013年10月第1版　2021年2月第2次印刷
书　　号 /	ISBN 978-7-5113-4113-6
定　　价 /	38.00 元

中国华侨出版社　北京市朝阳区静安里 26 号通成达大厦 3 层　邮编：100028
法律顾问：陈鹰律师事务所

编辑部：(010)64443056　　64443979
发行部：(010)64443051　　传真：(010)64439708
网址：www.oveaschin.com
E-mail：oveaschin@sina.com

　　婉约词派最早的源头可以追溯到唐五代以温庭筠为代表的
"花间派"，是以绵柔精美的音律描摹出细致唯美的意境，以表
达内心百转千回的情思。这条河流流经宋代，宋代积贫积弱，
朝代动荡，但险滩多壮景，在宋代这块险滩上翻起如晏殊、周
邦彦、李清照、贺铸等一个又一个浪花，他们姿态各异，韵味
万千，成了中国诗歌史上蔚为壮观的一段风景。后来，经过宋
元，河流渐渐停止了怒吼和悲鸣，渐渐平静下来，但如陈维崧、
纳兰性德一样的微小的浪花也让这个时期值得铭记。

　　婉约派是一个有时间界限的流派，但婉约风格却不分朝代，
成为一种婉转清丽的抒情和创造风格，在音律上他们精工细作，

在意境上千锤百炼，在内容上他们娓娓道来，形成一种有画有音律的动态画卷。从诗歌的源头先秦开始，婉约风格的诗词也可以在先秦时期的《诗经》、魏晋时期的《古诗十九首》、唐朝的不同诗人中找到。

如果要用人来描述每一个时代的婉约诗人的话，每个朝代的形象都是不一样的。因为每一个时代的诗歌都像一个活生生的人，因其生长的环境、遇到的人、经历的事情不同，因而有了不一样的气质、思想、见解和表达。

先秦两汉的诗人可能是路上匆匆走过的每一位行人，在路上看到手中挎着采浆果篮子美女发而为诗，或者收到朋友送来的精致礼物诉诸诗篇，或者是游历在外思念家乡写下诗歌，总之，先秦两汉中的诗歌，不论是《诗经》还是《汉乐府》，都是极为接地气的，每一个诗人都像在我们身边的人，用最朴实的话语讲述他的喜怒哀乐。

东汉末期，三国厮杀，朝野倾轧，民不聊生，经历了短暂的两晋的统一，人们又堕入南北朝分崩离析的朝代。这个时期的人们处于失语状态，大概是在这个颠簸的社会里震荡不止，早已无所适从。这个时代的声音多数由隐士和放浪形骸的文人发出，隐居南山的陶渊明、行为异端的竹林七贤，他们既心痛于黄钟毁弃、瓦釜雷鸣的社会丑恶，又只能在自己的世界里呼啸前行，构建瑰丽的自我世界，在自我中逃避黑暗的世界。

合久必分，分久必合。长期的分裂中也蕴含着统一的萌芽，南朝后期，隋朝一鼓作气收复南唐，开始了继汉之后的又一个大一统时代。虽然这个时代的开头有南唐后主李煜的亡国悲音，但超脱隐逸和行为异端的文人也渐渐走上"学而优则仕"、报效祖国匡计天下之路，精神状态也昂扬起来。唐朝的诗歌是意气风发的。"初唐四杰"或清新地描摹景物，或浓重地表达宏愿，盛唐的李白、孟浩然、杜甫、王维们或者豪放不羁，或者清新自然，或者心怀天下，或者隐逸安宁，但都拥有着"舍我其谁"的自信和豪迈。即使有自我潦倒的伤痛，也有那种"安得广厦千万间，大庇天下寒士俱欢颜"的伟大志向。即使有个人的不如意，也有"行到水穷处，坐看云起时"的淡定。中唐的刘禹锡、李商隐、白居易个性迥异，但都熠熠生辉。在这半世的昂扬中，我们也能找到零星婉约的身影，如白居易、李白、杜甫都有情思细腻、让人细细把玩的诗作。晚唐后期的诗人声音少了一点昂扬，少了一点期冀，多了一点犀利的反思和讽刺，多了一点颓废的伤感和哀伤，多见婉约诗歌。这是因为唐朝绚烂太盛反而忽视了很多矛盾，后期很多如奸佞阻塞圣听，或是宦官横行的陈弊横行，朝代渐渐有了腐朽的气息。于是，我们看到了杜牧的咏史诗，"东风不与周郎便，铜雀春深锁二乔"、"南朝四百八十寺，多少楼台烟雨中"，每一首都直插朝代积弊的心窝；我们看到了李商隐的无题诗，"相见时难别亦难，东风无力百花残，春蚕到死丝方尽，蜡炬成灰泪始干"，"庄生晓梦迷蝴蝶，望帝春心托杜鹃。沧海月明珠有泪，蓝田玉暖日生烟"，晦涩难解，却蕴藏了作者和时代的迷惘。

如果非要拿唐宋的诗歌做比较，我愿把唐朝的诗歌比作男人，开始意气风发，如初生的牛犊，后来成熟之后淡定睿智，再到看透世事的无尽沧桑，全和一个成熟男人的成熟史严丝合缝。而宋朝的词却像一位优雅的佳人，少了一点粗犷和豪放，但整体多了一分细腻、温婉。这与诗词形式的变迁有很大的关系。诗歌字数一到二十字，每联字数固定，遵循着合辙押韵的规律，对作者的情感表达是个很大的限制，而宋词虽然也是"带着脚镣跳舞"，但它字数不固定，长短不一，每个词牌的韵律不同，可以抒发或疾或徐的情感。

明清是中国封建时代的高峰，也是近代新兴思想的萌芽期，这时的诗歌如果非要比作一个人物的形象，必定是一个见惯世事流转的沧桑老人，既享受过权倾天下的繁华，也要接受世道中落的无奈。与前代的诗歌相比，它是博闻强识、见多识广的，会引经据典、巧妙化用来表达自己的婉转情思，但又是中规中矩、表现平庸的，因为所有的巧词妙句和所有的层叠意境已经被前人用尽，只能通过机械的组合发出自己的声音。不过疲软的诗歌年代出现了纳兰性德、陈维崧这样的个性的声音，孜孜不倦地表达着专属自己的情愫，其情感深度和精美语言，全然不输于前阶段的婉约诗作。综观人类历史，表达感情的文学媒介都有一个特点：容量越来越大，以适应表达越来越复杂的感情的需求。所以，由短小精悍的唐诗到灵活多变的宋词再到更酣畅淋漓的元曲，再到明清时的散文小说，无一不是。清朝的诗词表现得虽然差强人意，但是以"四大名著"为代表的小说异军突起，显示了新兴文体的强大力量。而在这些小说里，他们很好地借鉴了前朝诗歌的优势和传统，用以拓宽自己小说的意境，丰富其表达形式。

婉约诗词作感春叹秋，自然的纤毫变化都能引起作者身世浮沉、青春倏忽的感慨，但把我们的纷繁复杂的内在世界外化，与广阔宇宙连在了一起。婉约诗词写爱情、写离别、写相思，句句精美字字细腻，拓宽了人们的精神世界。

悠悠中华，缓缓诗歌。中华文明的兴衰荣辱和历史上人们的悲欢离合早已化为尘土，湮没在时间的长河里，无影无踪，无处找寻。但是从这些古人留下的婉约诗词中我们还是能捕捉到一些密码，然后只要你继续追寻，历史的大门就会缓缓向你打开，精彩纷呈、五彩斑斓的情感世界也会一一展现在你的面前……

目 CONTENTS 录

辑四

情愁恨别风——宋元

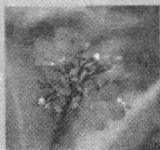

辑一

朴素的情怀——先秦两汉

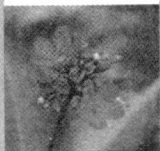

一本《诗经》，百转千回。且看守边将士的凄凉，"昔我往矣，杨柳依依。今我来思，雨雪霏霏"，诉尽了人间的悲欢离合；且看中国文人的悲凉激起的滥觞，"蒹葭苍苍，白露为霜。所谓伊人，在水一方"，道尽了人生的忧患、满怀悲绪；且看古人是如何表白如何求偶的，"关关雎鸠，在河之洲。窈窕淑女，君子好逑"，直白的言语，明丽的夸赞，尽显喜爱之情；且看深闺中的姑娘们，在阳春三月的季节里，如何消遣美妙的时光，"彼采萧兮，一日不见，如三秋兮"，俏丽的话语，活泼的思绪，女儿家的形态表露无遗。

　　再且看《古诗十九首》中，送别、相思、思归，抒情更加成熟醇厚，诗歌形式也由四言固定为五言。

素心换真意

——《诗经·木瓜》

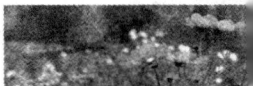

投我以木瓜，报之以琼琚。匪报也，永以为好也！

投我以木桃，报之以琼瑶。匪报也，永以为好也！

投我以木李，报之以琼玖。匪报也，永以为好也！

　　芳心倾慕时，礼物是表露心迹的最佳载体，情根初种时，礼物是海誓山盟的最佳见证，你侬我侬时，礼物是郎情妾意最佳表达。在爱情的国度里，礼物从来都是一个个甜蜜的仪式。

　　现代的物质男女习惯了模式化、商业化的生活思维，把礼物定位成每个节日必送、要高端上档包装华丽的呆板印象。下到巧克力、首饰，上到豪车、别墅，礼物奢华有余，但敷衍和含糊的意味显而易见，以"爱"为名的礼物如风中白烛，内心是无奈的苍白。

时间的流逝带来了物质的丰盛，也带来了精神的匮乏和萎靡。还记得古代诗歌中人与人之间纯真美好的浓情蜜意，与物质无关，只关一颗真心。

朝圣的虔诚不在于礼物的多寡，而在于情意的深浅。还记得沔阳湖畔的回纥使者缅伯高，不慎放飞天鹅后失声痛哭，把千山万水的艰险跋涉和丢失礼物的悲恸遗憾写在诗里，"将鹅贡唐朝，山高路远遥。沔阳湖失去，倒地哭号号。上复唐天子，可饶缅伯高。礼轻情意重，千里送鹅毛。"当唐太宗面见到千里奔波而来、灰头土脸的缅伯高，当读到这首诗时，定是不计较天鹅的珍贵，而是为那几根沾染灰尘的鹅毛而感动。

爱情的坚贞和缠绵到了最高层次，也是无声之间默默流动。冯梦龙在《山歌》中写道："不写情词不写诗，一方素帕寄心知。心知拿了颠倒看，横也丝来竖也丝，这般心事有谁知。"矜持的女生把满腔相思和浓烈爱慕一丝一丝织进手帕，明明爱得翻江倒海，却不发一言，也不落诸笔端。只希望收到的那个人能明白一针一线中蕴含的炽热思念和绵软情意。爱，不需张扬的言语，一个用心织就的礼物足矣。也许有的人会觉得不发一言，让人百般揣测是件劳心费神的事情，不如西方一个吻、一束花直接，但是心意相通的人自然看似素净的礼物里的炽热情思，自然会珍惜这种更细水长流、更静水流深的情愫。

爱情中最美好的是寄信物表的相思，但更美好的是两情相悦的人回赠礼物时的甜蜜和珍惜，更加引人向往。古代男女社交场合很少，大多集中在节日郊外的聚会和集会上，节日盛会成为男女相识相恋的最佳场合。呼朋引伴，三两同行，男子皆面如冠玉，女子皆身姿窈窕。他们的脸上充满了节日的欢欣和放松，但更多的是对在场异性的好奇和关注。他们或偷偷打量，或肆意审视，然后把自己的心动和仰慕掩藏在和好友的谈笑嬉闹里，掩藏在佯作无视里，或者掩藏在投送的礼物里。你"投我以木瓜"，以示爱恋，我心有灵犀，得之欣喜，仔细收藏，又"报之以琼琚"。投桃报李是等价回馈，但我选择回赠价值远高于木瓜的美玉，因为即使是它也难以回馈你的无价情意，但愿情意绵长，永修其好，于是就有了千古传唱的"匪报也，永以为好也"。下面两句"投我以木桃，报之以琼瑶。匪报也，永以为好也！投我以木李，报之以琼玖。匪报也，永以为好也！"和第一句大体相似，一咏三叹，叹出了歌者的细腻和柔情，叹出了歌者的真心和诚意。

即使不是发生在恋人之间，"投我以木瓜，报之以琼琚。匪报也，永以为好也！"也让人有知音之贵的喟叹。以美玉回木瓜，寄托我的善意，也寄出友人的惺惺相惜和两肋插刀，寄托出滴水之恩涌泉相报的诚挚。

现代人琳琅满目、绚烂多姿的礼物里，不知有多少的锱铢必较，有多少的等价回馈，有多少的逢场作戏，而比"匪报也，永以为好也"的这种真心诚意又缺乏多少？

相知亦无绝

——《上邪》

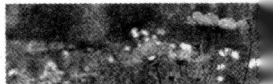

> 上邪!我欲与君相知,长命无绝衰。山无陵,江水为
> 竭,冬雷震震,夏雨雪,天地合,乃敢与君绝!

都说女子的感情是细腻的,都说女子的表达是柔弱的,都说女子的意志是脆弱的。因为诗词中的"见客人来,袜铲金钗溜,和羞走。倚门回首,却把青梅嗅"以及"薄妆浅黛亦风流。见人羞涩却回头"都是描写女子的。但且别急着下结论,不是所有的女子都是这样的温婉羞涩,不信?让我们一起走进这位古代女子的内心,看她如何对封建礼教宣誓一种相知亦无绝的坚定。

世间情歌无数,我独独喜欢《上邪》这首,且不说这首诗歌以女子的口吻诉说着自己至死不渝的爱情，就单单那五件不可能办到的事情，就足以震撼人心，对爱情忠贞的女子，总是那么难能可贵。

古代女子大多身处深闺，接触不了外界，更别提见到男子与之相知的地步，这首情诗给我们另一种视觉观看古代女子忠贞的爱情观。

这首诗感情强烈又气势奔放，诗中女子指天发誓，指地为证，要永远和情人相亲相爱，打定主意后做出更坚定的誓言。这种强烈外加浓烈的表达，冲破了封建礼教的束缚，解脱了女子本该有的娇羞，飞跃成一轮新气象，大有巾帼不让须眉之势。

"上邪！我欲与君相知，长命无绝衰"，不加点缀的写情，不加铺排的手法，这种描述让感情爆发得更加原汁原味，我们可以想象一女子指天发誓，直吐真言的场景，在这种气势灼见中更见情之炽烈，仿佛又透露出些许压抑已久的郁愤。终于，仰天长叹后，将这种郁愤填充得更加饱满，塑造出一个刚毅女子形象，更打破女子本应有的扭捏。用"长命无绝衰"这五个铿锵有力的字眼，让我们看到该女子坚定之中充满了忠贞之意，很值得我们去佩服，就连现在新时代的女性，都不一定可以这样大胆，这样无所畏惧，而一个"欲"字，更是把不堪礼教束缚，追求幸福生活的反抗女性性格的柔弱表现得淋漓尽致。只此三句，就给我们刻画了一个情真志坚，忠贞刚烈的女子形象。

为了证实她的矢志不渝，接下来她接连举出五种自然界不可能出现的变异，"山无陵，江水为竭，冬雷震震，夏雨雪，天地合。"女主人公的这种想象力，想象的事物一件比一件想得离奇，事件一桩比一桩令人不可思议。到"天地合"时，她的想象似乎已经失去控制，漫无边际地想到人类赖以生存的一切环境都不复存在了。这种既缺乏理智又夸张怪诞的奇想，是这位痴情女子表示对爱情忠贞的特殊形式。而这些根本不可能实现的自然现象都被抒情女主人公当作"与君绝"的条件，无异于说"与君绝"是绝对不可能的。清代王先谦说："五者皆必无之事，则我之不能绝君明矣。"

诗中女主人公以誓言的形式剖白内心，以不可能实现的自然现象反证自己对爱情的忠贞，具有一种强烈的主观色彩，也让我们看到在爱情面前，任何人都可以不理智，这是人之常情。如此摄人心魄的话语，比那些个情意绵绵的情话更来得自由洒脱，更让人觉得清新自然，体现一种原生态的韵味，让我们感觉到女主人公的可爱可敬，敢作敢当的霸气。

全诗用浪漫的抒情色彩去揭发爱情的火焰，气势够雄劲，激情能逼人，其间的爱情火焰犹如岩浆喷发不可遏制，我们读起《上邪》这首诗，仿佛可以透过这些明快的诗句，能倾听到女子急促的呼吸之声。用热血乃至生命铸就的爱情篇章，随情而布，自然而然又跌宕起伏。

大多古代女子的命运无疑是个悲剧，讲究的是父母之命，媒妁之言，讲究的是女子的三从四德，唯夫是命，讲究的是丈夫可以三妻四妾，女子只可从一而终。试问，在这样的背景下，又有多少女子可以有个完美忠贞的爱情家庭，又有多少女子可以碰到自己心仪的男子并可与他结合，又有多少女子敢这样大胆诉说自己的爱情观。

《上邪》中的女主人公，勇敢地突破这种礼教的枷锁，将自己的感情发挥得这样浓烈，是不是亦在诉说这位女子不甘的命运，是不是蒲草韧无丝，磐石就可无转移，谁都不敢肯定。在这种不确定的状态下，女子敢于以这样的誓言来诠释自己的爱情，又是风险至极的，我们在欣赏该女子坚贞的同时，也不得不佩服她的勇敢与果断。

思窈窕淑女

——《诗经·关雎》

> 关关雎鸠，在河之洲。窈窕淑女，君子好逑。参差荇
> 菜，左右流之。窈窕淑女，寤寐求之。求之不得，寤寐思服。
> 悠哉悠哉，辗转反侧。参差荇菜，左右采之。窈窕淑女，琴
> 瑟友之。参差荇菜，左右芼之。窈窕淑女，钟鼓乐之。

　　没有人能确切给出《关雎》描述场景发生的时间，我却私自想把它归于初春三月。山河解冻，春寒乍暖，拂面的春风里弥漫着一种万物复苏的气息。漫步在河洲畔，就这样听到关雎啾啾的叫声，嘹亮绵长，此起彼伏。这才让人意识到，春天就这样来了。话说关雎是爱情之鸟，生时形影不离，如若一方不幸早逝，另一方也会终

日不食，郁郅而终，让人想起天上的比翼鸟和地上的连理枝，春天连同爱情本应这么美好。春景本该偕爱人一起，或骑高头大马，或轻柔踱步欣赏，才不会良辰虚度。

可是他的春天，仿佛还缺少点什么，直到他看到河洲畔窈窕的淑女，她肤若凝脂，手如柔荑，一左一右地冲洗着参差不齐的荇菜，文雅而柔弱，和春光和谐地融为一体。他的心被这美好的一幕拨动了：窈窕淑女，君子好逑，这本就是天经地义的事情。

从此，他的心里就如解冻的冰川，开了一个小口，汩汩地流出柔情的水，心里就多了这样一位佳人，无论是醒着还是梦中。想着她的一颦一笑，想着她现在可能在忙的事情，想着她抚琴作画的样子，甚至耍一点小坏心想看下她嗔怪发怒的表情。而不论是白天幻想还是晚上做梦，一旦回归现实，只发现空荡荡的房间，冷清清的床铺以及孤零零的自己，那种失落无法言说，只有在被褥上翻来覆去，长吁短叹吐出对女子的憧憬、幻想破灭后的失落和百无聊赖。中国文学史上描写女性思念的诗词很多，热烈的有"一日不见，如隔三秋"，伤感的有"一种相思，两处闲愁，此情无计可消除"，悲壮的有杜丽娘为情"由生入死，由死归生"。而像这样男子向女子真挚而热烈地表达思慕之情，铁血柔情更加打动人心。

男性在现实的无奈挫败中总是能找到一些浪漫的幻想安抚人心，于是有了不求回报默默奉献的田螺姑娘，于是有了青灯寒窗下歌咏的添香红袖，于是有了蒲松龄笔下通情达理无所不能的狐妖。我们的男主人公也有这么可爱的一面，在惨淡的现实前发挥了自己的浪漫主义精神，想象起了和淑女成亲后的婚姻生活。"参差荇菜，左右采之。窈窕淑女，琴瑟友之。参差荇菜，左右芼之。窈窕淑女，钟鼓乐之。"

古代的婚姻生活大多是"你耕田来我织布，我挑水来你耕园"的男女分工式的劳作，男主人公遐想的也不例外：婚后，女子继续做着采摘荇菜类的手工劳动，把整个家庭收拾得清亮干净，温馨可人，这个屋子从此不再只有书卷的酸腐之气。而男子则为其弹奏琴瑟，舒缓终日劳作的疲乏，为其敲打钟鼓，为其歌唱心中的爱意。这一幕很像《浮生六记》中的"闺中之乐"，有下里巴人的柴米油盐，也有阳春白雪的高雅志趣。我们的男主人公早已神游六合，进入他所勾画的情深伉俪的生活。

男主人公有没有心想事成，有没有得到寤寐思之的窈窕淑女，我们不得而知，但是他初见她后的悸动和终日思念，求之不得的无尽遗憾以及对女子的情笃意坚和美好婚姻的承诺足以让我们动容。那个春天也因为他的真挚而美好浪漫起来。相比于《琵琶行》中"重利轻离别"，让思妇独守空房的商人和《陌上桑》中的坐着高头大马但言语轻佻的使者，《关雎》中的男子对情的负责和真诚让女性唏嘘：朝三暮四的负心男太多，始乱终弃的无情男太多，把女性当作泄欲工具的败类太多，我只愿得一心人若此，白首不相离。

孔子增删数次，从纷杂浩繁的诗歌中挑出精华编成《诗三百》，又把此首《关雎》置于三百之首，道德感极强的孔子给予此诗"乐而不淫，哀而不伤"的精练评语，想想也大抵如此，有男女之乐，但不脱离婚姻的责任和约束，有求而不得的哀伤，又有前途光明的乐观主义。

一日如三秋

——《诗经·子衿》

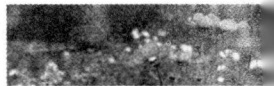

青青子衿，悠悠我心。纵我不往，子宁不嗣音？

青青子佩，悠悠我思。纵我不往，子宁不来？

挑兮达兮，在城阙兮。一日不见，如三月兮。

每个女子，不论年龄大小，其心中都有一个瑰丽的梦：梦中
的男子站在一围翠林中，悠然地吹着一管长笛。笛声悠悠，面容
淡然，仿佛世界的一切琐事都与他无关。他身材高挑，器宇轩昂，
穿着一身青色长衫，和背后的翠绿竹林融为一体。他沉稳淡定，
一双沉默的眸子含着笑容，就那么意味深长地看着你，温和却不
失权威。他看着你时你会感到恐慌，像是有种被他看穿的恐惧，

但还是会不自觉地被他的强大气场所吸引，一步步走向他的内心世界。就像《诗经·淇奥》里所说的那样：瞻彼淇奥，绿竹猗猗。有匪君子，如切如磋，如琢如磨。瑟兮僴兮，赫兮咺兮。有匪君子，终不可谖兮。心中的君子既有秀丽的外表也有儒雅的气质，如一块光洁的玉石，虽然光泽温润但让人不可移开双目。看上一眼，怎么会把他忘记？

《子衿》里的女主人公所思念的男主人公也该是这样的吧。她思念的那个人穿着一袭青色的长衫，长衫飘动，犹如自己对他的思念悠悠。女子的脑海中该全是这个人的修长身影和儒雅的笑容，以至于一看到穿着青色长衫的男子她的嘴边就露出甜蜜的笑容，因为她的所爱也有着这样不俗的身姿。思念总是一个人的事情，一个人待得久了，甚至会怀疑自己深爱的那个人是否真的存在，否则就算女子不去，男子怎么不寄来鸿雁传来只言片语，为什么不来看一看自己？一个人的思念和爱情是否是真的爱情，女子心中暗暗生疑。

其实，女子在乎的不是谁主动去看谁，而是男子的心中是否在乎自己。想要解开心中的疑团，但她无法放弃自己的自尊。她压抑着自己，只是独自一人在城边踮着脚跟翘首企盼着男子的身影。可是，爱情像一棵生命顽强的植株，一旦生长就把根系深深扎入人们的心灵最底层，把其他的骄傲和理智的养分全部汲取。一天不见那个男人，心中煎熬，做什么事情都百无聊赖，仿佛过了三个月那么久。

爱因斯坦的相对论让我们更深刻地认识了我们的世界，也能解释现实生活中一些有趣的现象。和爱人在一起的时间总是过得飞快，因为爱的甜蜜让自己无暇顾及外界时间的流逝，而无所事事时总是感觉时间过得很慢，因为内心的空虚全部投射到外部的广袤时间里。这首诗歌里女子对时间的错觉也让我们触动，思念一个人的时间是甜蜜的，但又是揪心难熬的。

也想到了曹操在《长歌行》里写道，"青青子衿，悠悠我心。但为君故，沉吟至今"。历史文学作品中的曹操奸佞狡诈，挟天子以令诸侯；他斤斤计较，心胸狭窄，嫉贤妒能，雪藏杨修。但在这首诗歌里他巧妙的化用却刻画出了一个心怀若谷，虚席以待贤才的明主形象，因为从这几句诗中难道不能读出"一日不见如隔三秋"的迫切意味吗？历史上的他虚心对待捕获的关羽，不正是印证了这段话吗？

读到这儿，我们的注意力和同情全被女子吸引，只是想着她的爱人有没有如她所愿，来到她的身边，毕竟孟姜女和望夫石让人感动，却更让人心酸。

无独有偶。在《诗经·国风·王风·采葛》中也有这样的思念，而这样的思念竟然出自一个男子之口。"彼采葛兮，一日不见，如三月兮！彼采萧兮，一日不见，如三秋兮！彼采艾兮，一日不见，如三岁兮！"男子喜欢的女子是位心灵手巧、身姿翩跹的女子，即使是在田里弯腰捡取葛草的样子也是那么温柔迷人。女子本忙着家务事，又出于女子的矜持不愿意主动来看自己，这可难为了相思中的男子。男子手忙脚乱，在自己的世界里横冲直撞，因为无论闭眼还是干着自己的事情都会想起女子的一颦一笑。一日不见，真像三天不见。这才真正体会到了李清照"才下眉头，却上心头"的那种苦涩。不，简直是三个月没有见面，每一分每一秒都在想着相见的场景。求之不得，焦急更上心头，上一次和她见面到底是在什么时候？是在三年之前吧，否则怎么能够这么煎熬人心？

"一日不见，如三月兮"，这种错觉有点愚蠢，但浪漫得可爱，多么羡慕几千年前的某个女士拥有《采葛》那样的单纯的思念和爱情，被人惦念的感觉总是很好。同时也希望《子衿》里的那个女人等到了她想看到的青青子衿，毕竟单恋是苦涩的，相互的喜欢才是最幸福、最让人羡慕的。

而在《诗经》中，除了这两首揪心的思念和惦记，我们也很欣喜地看到有时候，等待和思念也是值得的。《诗经·郑风·风雨》中写道："风雨凄凄，鸡鸣喈喈。既见君子，云胡不夷？风雨潇潇，鸡鸣胶胶。既见君子，云胡不瘳？风雨如晦，鸡鸣不已。既见君子，云胡不喜？"凄风苦雨愁煞人，鸡飞狗跳让人惶惶不安，这足以让才女李清照发出"寻寻觅觅，冷冷清清，凄凄惨惨戚戚"的慨叹。但是，我们的女主人公却是喜悦万分，甚至是欣喜若狂的。因为她心心念念的男人在这样风雨凄迷的夜晚来到了自己的身旁，有一个宽阔的肩膀和一个与自己息息相通的心灵陪伴身边，纵然满城风雨，纵然世界坍塌，又有什么关系？可见，思念有时候也是有好的收获和回报的。只要爱对了人，再多的折磨也是甜蜜的。

白首不相离

——《白头吟》

皑如山上雪，皎若云间月。

闻君有两意，故来相决绝。

今日斗酒会，明旦沟水头。

躞蹀御沟上，沟水东西流。

凄凄复凄凄，嫁娶不须啼。

愿得一心人，白首不相离。

竹竿何袅袅，鱼尾何簁簁。

男儿重意气，何用钱刀为。

当爱已成往事，覆水难收，当情缱绻转淡，波澜不惊，当人终为陌路，相忘江湖，是低头悲啼"只见新人笑，不见旧人哭"，是慨叹沧桑之言"士之耽兮，犹可说也；女之耽兮，不可说也"，还是以一种决绝的姿态转身离开，保持"人生若只如初见"的纯真记忆，也保留一个女性最后的尊严？这是一个痛苦的选择，因为情爱是人世间最难割舍的情愫，也因为在那样一个"在家从父，出嫁从夫，夫死从子"的社会，情感对于女人来说不只是一份风花雪月的慰藉，更有一份事关温饱的安全感，女人转身离开从来都需要勇气。

更不必说对一个有过轰轰烈烈爱情、一个为了爱背弃全世界的女人卓文君。想当初司马相如抚琴倾心奏出的《凤求凰》道出心中曲折，引得佳人心有戚戚，帘幕后含羞的一瞥，电光石火间仿佛定下三生契约，于是这首曲子被谱写上了全新的意义。"凤兮凤兮归故乡，遨游四海求其凰"，"何缘交颈为鸳鸯，胡颉颃兮共翱翔！"凤凰于飞，琴瑟和鸣，也是在这时，这个男人让文君有了这种"愿得一心人，白首不相离"的情愫吧。

于是有了接下来的月夜拜访，互诉情意，马上私奔，也有了文君当垆卖酒，相如后堂涤器，他们以这种轰轰烈烈、为世人不容的方式见证着他们的爱情，也品味着这种放弃一切得来的细碎幸福。

后来司马相如进京，带着满腔对苍生的抱负和家庭的责任离去。山高水远，文君更是把自己的一腔相思化为串串数字，锦书飞至京城，"一别之后，两地相思，只说是三四月，又谁知五六年，七弦琴无心弹；八行书无可传；九连环从中折断，十里长亭望眼欲穿。百思想，千系念，万般无奈把君怨；万语千言说不完，百无聊赖十依栏；九重登高看孤雁；八月中秋月圆人不圆；七月半烧香秉烛问苍天；六月伏天人人摇扇我心寒；五月石榴如火偏遇阵阵冷雨浇花端；四月枇杷未黄我欲对镜心意乱；忽匆匆，三月桃花随水转；飘零零，二月风筝线儿断。噫！郎啊郎，巴不得下一世，你做女来我做男。"从一到万，从万到一，写不尽的流觞曲水，道不尽的缠绵相思。

于是，在得知司马相如为了平步青云要娶公主为妻，文君的苦楚可想而知，过去的柔情蜜意、海誓山盟转眼间化为乌有。可是，她的选择是转身离开，你若无情我罢休，"闻君有两意，故来相决绝"。"躞蹀御沟上，沟水东西流。凄凄复凄凄，嫁娶不须啼。"从此，我们各奔东西，你去追你的前程，我自己来治愈自己的伤痛，我所要的只是最简单的幸福，不离不弃，白首偕老。"愿得一心人，白首不相离。"

女人的决绝为自己赚来了尊严，也引来司马相如的回头，可是刚烈专一的文君心里是否会觉得这份璞玉般的爱情已经有裂缝，不负光滑如初？这个不得而知，可是文君写《白首吟》时的那份悲愤和自尊，却成为了永恒。

誓言怎做无

——《诗经·氓》

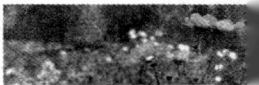

氓之蚩蚩，抱布贸丝。匪来贸丝，来即我谋。

送子涉淇，至于顿丘。匪我愆期，子无良媒。

将子无怒，秋以为期。

乘彼垝垣，以望复关。不见复关，泣涕涟涟。

既见复关，载笑载言。尔卜尔筮，体无咎言。

以尔车来，以我贿迁。

桑之未落，其叶沃若。于嗟鸠兮，无食桑葚！

于嗟女兮，无与士耽！士之耽兮，犹可说也。

女之耽兮，不可说也。

桑之落矣，其黄而陨。自我徂尔，三岁食贫。

淇水汤汤，渐车帷裳。女也不爽，士贰其行。

士也罔极，二三其德。

三岁为妇，靡室劳矣；夙兴夜寐，靡有朝矣。

言既遂矣，至于暴矣。兄弟不知，咥其笑矣。

静言思之，躬自悼矣。

及尔偕老，老使我怨。淇则有岸，隰则有泮。

总角之宴，言笑晏晏。信誓旦旦，不思其反。

反是不思，亦已焉哉！

　　每段感情总有一个甜蜜的开始。还记得那个长相憨厚的男子瞒天过海，抱着一捆布打着卖布的旗号从家里溜出来，其实只是想见我一面，和我商讨一下怎向家里公布我们的事情，怎样把婚礼办得顺利。我摇着头嗔笑着为他擦掉绯红的脸上焦急的汗水，坐船送他到顿丘，然后温柔地向他解释，不是我不想和你在一起，只是你还没有请媒人，没有媒妁之言，名不正言不顺，我怎么敢心安理得地成为你的妻子？看到他愤怒和不情愿的表情，我好气又感动，赶紧许诺秋天会是我们成亲的最迟期限。也还记得我们相处异地时受的相思之苦，我常常站在高墙边眺望，眺望他来的那个方向，见不到人的时候就梨花带雨，满腹怨念，见到之后就会破涕为笑，雀跃不已。那是一段充满着思念的日子，苦涩而甜蜜。也还记得我们两个提心吊胆地看着卜辞上的图案和文字，小心翼翼地确定我们大喜的日子，婚姻对那时的我们来说，还是个隆重而神圣的仪式。还记得那天我披着鲜艳的嫁衣，眼睛被盖头蒙住，看不见前路只能跟着他的马匹往前走，心里有惶恐但更多的是幸福和信任。

我读这首诗时，不自觉地把自己代入女子的内心，那些甜蜜的回忆就这样自然地倾泻出来，这让我知道一些情愫是超越时光的。我很庆幸我揭示了她的内心：矜持内敛但一旦遇到心仪男子的触动内心的热烈就喷薄而出，不可收拾。可是就是这样温婉的女子却发出沉痛和沧桑的话语：鸟儿不要贪食桑葚，女人不要贪恋男人，男人沉迷情感还能解脱，女人一旦入戏就无法解脱。从天真无邪的少女到冷静疏离的女人，她经历了如何的心伤？我试图再次把自己的内心贴到来自远古的诗笺上，触动女子的心跳。

我刚嫁过来的时候，桑树还是绿叶葱葱，现在都已经是黄叶萧瑟了，我已经由一个"新人"变成"老人"了。回顾这几年的日子，早已没有最初的欣喜、期待和甜蜜，而是渐渐被失望、痛心和冷漠代替。我来的这三年，粗衣淡饭，忙前顾后，风花雪月完全被柴米油盐所肢解。这些不算什么，因为女孩总要妥协于现实和生活。可是和我携手的人却渐渐露出他残忍而不专的本性：在外两三其德，坐拥环肥燕瘦，逢场作戏，在家不管不顾，言不顺心就对我拳打脚踢。顾及家庭声誉和婚姻稳定，我选择了隐忍，可是虐待变本加厉，最后化成一纸休书，把我遣送回家，让我一个人经历感情逝去的苦痛和家人嘲笑的屈辱。

　　不是没有心疼和不甘，但是生活总要继续，我总要给自己找一个超脱豁达的借口，我告诉自己"淇则有岸，隰则有泮"，每个东西都有自己的终点和尽头。虽然我从未想过总角之宴中的"言笑晏晏"和"信誓旦旦"有一天也会烟消云散，但既然事已至此，就接受现实吧。

　　再次把自己抽离出来，我只感受到了心痛，这样一位美好女子的情怀和真心就这样被一个男子的言不由衷所谋杀。她选择了一种封闭自己，抵触男性的态度掩饰自己的心伤，维护自己的尊严。这多像现在的一些独立自信、不依附男性的坚强女子，我们只艳羡于她们的潇洒，可知道她们的潇洒是不是和这位女子一样，只是一种心痛过后的自我疗伤和自我防御机制呢？女子是否沉郁地孤独终老我不得而知，可内心深处总希望能有一位真心男子让她重新勇敢起来，让她重新相信爱情的美好。

执手以相老

——《诗经·击鼓》

击鼓其镗，踊跃用兵。土国城漕，我独南行。

从孙子仲，平陈与宋。不我以归，忧心有忡。

爰居爰处？爰丧其马？于以求之？于林之下。

死生契阔，与子成说。执子之手，与子偕老。

于嗟阔兮！不我活兮！于嗟洵兮！不我信兮！

　　不论是古代的赤壁之战还是现代的世界大战，战争中最震撼人心的一幕场景一定是这样的：黑云压城城欲摧的高压环境里，空气仿佛也凝固了下来。两军的将领一身银装盔甲，手持长剑，虎视眈眈，而他们各自的气场来自于背后密密麻麻整齐的战士方阵。他们常常大规模出现，或冒着暴雨蹒跚行进，或在陡崖上艰险突围，或在战场上左右厮杀，他们皆由庞大的数量形成一种壮观宏大的图景，模糊了其面容，成为这场战争中的一个代表气势或死伤规模的符号。可是，有谁知道每一个符号的背后都有一帧帧鲜活的生活，都有一段段真实的喜怒哀乐？

为人们熟知的有"十五从军征，八十始得归。道逢乡里人：家中有阿谁"的物是人非之伤感，有"醉卧沙场君莫笑，古来征战几人回"的悲壮，有"黄沙百战穿金甲，不破楼兰终不还"的豪情，也有"不知何处吹芦管，一夜征人尽望乡"的内敛思念。但是这多是士大夫大而化之的抒情，那些平民行伍的情感就这样湮没在时光的碎尘里，而这首是个意外，用平民的语言写出了那些士兵们最朴素最真实的军旅感触。

战场的气氛总是激昂而热烈的，锣鼓喧天，军乐长鸣，军士奋勇厮杀。很羡慕为国王挖城墙的人，他们在离家近的地方疲心劳力，只有他一个人要背井离乡。跟随着孙子仲一路向南，这次的任务很宏大，是要和陈国与宋国痛痛快快地打一场，放在小时候这任务会让他热血沸腾，但是现在一想到自己无法回家，他就忧心忡忡。

柳永的一句"今宵酒醒何处？杨柳岸、晓风残月"道出了情伤不知归何处的悲痛。这位男主人公也有同样的伤感：今晚会睡在哪里？在哪里丢失马匹？马匹丢了到哪里去找？也许是在那深远偏僻的密林里。留宿不知何处，生命不知何安，战争不知怎么落下帷幕，人生突然被一种不确定感和虚无感所笼罩。

负载辎重，龃龉前行。过去在家里和她你侬我侬，举案齐眉的日子仿佛是错觉。一个人的旅途上，想起了在家里等他的那个人。他曾经对她说过，"死生契阔，与子成说。执子之手，与子偕老。"无论是生是死，我都会和你在一起，牵你的手，共度一生。可是，如今自己连明天自己能否活着都不知道，这个诺言怕是有心无力不能实现了。

想到这儿，生命的不安全感、无法信守诺言的愧疚感以及不知道能不能再见到爱人的虚无感一起涌上心头，惊天动地。"于嗟阔兮！不我活兮！于嗟洵兮！不我信兮！"相隔千山万水，分离时间太久，就再也不能相见！感受再翻江倒海，也只能咽到心里，继续这趟不知道前途的旅程。

借酒浇忧愁

——《诗经·卷耳》

采采卷耳，不盈倾筐。嗟我怀人，寘彼周行。

陟彼崔嵬，我马虺隤。我姑酌彼金罍，维以不永怀！

陟彼高冈，我马玄黄。我姑酌彼兕觥，维以不永伤。

陟彼砠矣，我马瘏矣。我仆痡矣，云何吁矣。

在很多现代人眼里，婚姻是爱情的坟墓，爱情与婚姻是不可同时拥有的。毕竟，婚姻讲究的是过日子，简单和谐，但爱情中的浪漫缠绵、精致唯美会慢慢在旷日持久的婚姻中消磨掉。但是在《诗经·卷耳》这首诗中这种观点并不成立，古人向我们展示了爱情与婚姻并存的和美现象。

多年的夫妻还可以像情人或新婚夫妻那样相思想念吗？不都说"色衰爱迟"吗？自古出现最多的是闺中怨妇，因为她们的男人或是远游他乡，或是功成名就，或是征战北疆……所以，古代诗歌中闺怨是个永恒的主题，才有了"长安一片月，万户捣衣声"、"过尽千帆皆不是，斜晖脉脉水悠悠，肠断白苹洲"以及"泪眼问花花不语，落红飞过秋千去"的无尽遗憾和孤独的等待。但在这首诗里，走过婚姻大半旅程的两个人还是如热恋那般相互惦念，热切思念，让我们这种看惯了快餐爱情的现代人羡慕不已。

明媚的日子里，盈盈少妇身段轻盈，采摘卷耳。可是，她的箩筐为什么始终没有填满？原来这位女子心里装着一个人，是在热切地思念自己的丈夫，因为心中有牵挂，没有旁物可以挤到这个空间里。即使是思念，她的心也是甜蜜幸福的。因为虽然眼里看不到，她的脑海中装满了他的身影，她或许会想我那小丈夫此时在做什么呢，天冷了会不会多添一件衣服，饭凉了会不会热下再吃，还有多远才能到达目的地……串串思念，寸寸柔肠，她已不是一个待字闺中的少女了。当她还是个天真烂漫的少女时，她的天空是广袤的，她的思绪是莫名的，她可以天高任鸟飞，海阔凭鱼跃，自由自在。可是，现在她满满的心都是她心爱的丈夫，是那个可以陪她一生，可以照顾她、爱护她的人，丈夫就是她的天地、她的自由、她的一切。

女主人公是多么憨厚，多么可爱啊！她可以每时每刻地想念自己的丈夫，可以不求回报地任劳任怨，丈夫不在家，自己将生活打理得井井有条，不让远在他乡的丈夫担忧。她是善良的，善良的女人容易幸福满足，善良的女人惹人怜爱。在她的心里永远都住着她的丈夫，就像一首诗中描述的那样"愿得一心人，白首不相离"，独自一人忍受寂寞，独自一个守着这一方天地。就这样吧，就这样让我一心一意地想念吧。这样近乎直白的表达，宣读的是一种幸福，一种婚姻天堂的爱恋，让我们读来甚是温馨，甚是感人。

夫妻并不像情人，在垂眉的经久年月里，心早已不再通透清润，但这份思夫挂念之情，并不能随着年月积累而渐渐淡然，就像一壶美酒，埋藏时间越久，味越浓，越珍贵。妻子因为这种纯美这种深情这种率真而显得更加美好、更加美丽，作为该女子的丈夫，他应是知足的。

好了，我们看到了妻子的情态，那她的丈夫又是怎样的呢？是不是像戏文里唱的那样，待到功成名就时忘却了曾经不离不弃的妻子；还是像史书中记载的那样，又是一个被陈世美丢弃的秦香莲化身；还是像人们口中传述的那样，明明是两个人的童话，却成就了第三个人的故事，关于这些，我们无从考究，但此时，她的丈夫又在做什么呢？是不是已经辜负了女子的深情，还是以同一种姿态来思念爱人呢？

描写完妻子思念丈夫后，觉得还不够，怎么只能是妻子思念丈夫，而丈夫却毫无感知，又或者是毫无思念呢？这不公平，这样憨态的小妻子是惹人怜爱的，她对爱执着地付出是值得拥有幸福的。她的丈夫虽然与她分隔两地，但却是"一种相思，两处闲愁"。男子与女子的情感表达是不一样的，往往女子是细腻感人的，而男子少不了与生俱来的粗犷，又或者是粗心大意不容易被发现。就像父爱与母爱本应是放在同一天平上的，可是父爱往往被忽视，待到我们细细观察，才发现被忽视的感情来的是多么地可贵。诗中的男子也是一样的，他并不像女子那样直白坦率地表达思念之情，但从他的种种表现中可以看出，他的思念并不比妻子少。这就让我们之前在为女子捏了一把汗的同时，深深地呼出了一口气。世间最苦的是单相思，如果有一个人能在你思念他的时候同样思念你，这种幸福更是无法用语言来表达的，所以我羡慕极了这两口子。

丈夫出征在外很劳苦，诗中用叠章复沓的形式把这种苦状表现得淋漓尽致。在此之余，还能让我们感知一种淡淡的思念愁绪，诗中并不直白地表露男子行路的艰辛，而是借马的劳顿来反衬。男人解酒，希冀"维以不永怀，维以不永伤"，然而心与愿违，在对自己强加干涉中仍是愈宽不得宽，一低眼便看见那倒影在儿觥里的枯槁容颜，恰如回廊之中的寸寸相思，提供自己在爱和受爱之间所受苦痛的凭证。

都说男儿的感情是不轻易言表的，所以，大多时候，他们都被灌输于一种不解风情或粗人形象。但是，是人都有感情，只是人与人表达的方式不一样，男人与女人表达得更是不一样，他们是真男儿，往往对女子而言丈夫就是那一方唯美的世界，可是男儿心怀天下，他们所承受的、所包含的远远比我们女人多得多，就像诗中的男女主人公以不同的姿态不同的描述，却完美阐释了同一种感情。

最后的一组语气词，似乎让我们感受到男子急促的呼吸正在极力遏制他的言语，使他疲乏到干脆扑倒在地，兀自叹息的地步——云何吁矣。感叹归于感叹，但思念在这短短的四个音中并未有散去的迹象，反而显得更加冗长，冗长到不可用简单的语句来言说。或者，我们可以换种思维这样认为——在彼时彼刻，你我之间，应缄默到连语言都可以舍弃，夫妻之间的这种默契如果说是一种心意相通，那更应说是一种福分，我们大家应该造福，珍福，惜福。

在这对夫妻间我们没有看到"当君还归日，是妾断肠时"

的悲剧色彩，而是爱情思之无尽的苦伤。这苦伤，使两人铭记彼此，无法忘却半分。婚姻是幸福的天堂，所有在恋爱中的情人都应向着这个天堂迈步，所有已步入婚姻天堂的人，更应该去维护珍惜。

辑二

凄美两相顾——魏晋南北朝

你可以看到陶渊明早起采菊，晚归种树的身影，没有官场上前簇后拥的热闹，却多了份自得其乐的淡然和恬静；你可以发现刘伶烂醉如泥的身影，嵇康子然一身抚琴弹奏《广陵散》的身影以及阮籍披头散发、满身污垢仰天长啸的身影。"真名士，自风流"，他们抛弃了几千年来禁锢人们的封建礼教和思想枷锁，活得潇洒活得自由，用自己叛逆别样的姿态表达对社会的不满和抗议。这种潇洒，潜藏着悲愤和无奈，不管是在他们的穿衣打扮还是诗词中都可以清晰地看出来。

红妆为谁施

——《青青河畔草》

青青河畔草，郁郁园中柳。

盈盈楼上女，皎皎当窗牖。

娥娥红粉妆，纤纤出素手。

昔为倡家女，今为荡子妇，

荡子行不归，空床难独守。

　　河畔的青草漫天延宕，满眼的绿意一派清新自然，园中的绿树郁郁葱葱，显露着勃勃生机。碧蓝色的天幕上一轮皎洁的月轮把它的光辉柔和地洒在大地上，照耀着高楼上一位窈窕的佳人身影。她就那样倚在高楼的窗边，一盏孤灯似的月光把她夜色中的孤独身影拉得很长。只见她略施粉黛，浓妆淡抹总相宜，颈如柔荑，肤若凝脂。可是，这样的美丽佳人的脸上却没有一丝满足的笑容，也没有夜色中的温柔守候，只是多了一点落寞和哀伤。这样的夜色是孤独的，一个人在夜色中独守空楼；这样的夜色也是适合怀旧的，因为百无聊赖，很容易想起过去那些欢快的岁月。自己曾经是歌女，夜夜笙歌，灯红酒绿，见惯了推杯换盏，见惯了香车宝马；后来或因年华老去，或因所遇良人，安心嫁做人妇，只能渐渐习惯"门前冷落车马稀"的清冷生活。但她并不后悔，因为为了一世的安定和对婚姻的责任，她愿意做出牺牲，忍受着寂寞，去安心享受婚姻的宁谧和细碎。但是，自己的丈夫总是在外漂泊着，像一只杳无音信的大雁，又像一只断了线的风筝，仿佛没有婚姻的束缚。既然自己可以为爱做出牺牲，为什么他不能呢？丈夫游踪不定，自己的耐心也快磨尽，夜夜独卧空床，哪里还能忍受？

这种闺怨，古代的文人骚客多有抒写：有王昌龄的"闺中少妇不知愁，春日凝妆上翠楼。忽见陌头杨柳色，悔教夫婿觅封侯"，有白居易的"红颜未老恩先断，斜倚熏笼坐到明"以及琵琶女"商人重利轻离别"的含泪控诉，有欧阳修的"庭院深深深几许？杨柳堆烟，帘幕无重数"，"泪眼问花花不语，乱红飞过秋千去"，有温庭筠的"梳洗罢，独倚望江楼，过尽千帆皆不是，斜晖脉脉水悠悠，肠断白蘋洲"。在古代，战场、古道、朝堂从来都是男人们或奋发进取或颓废失意的地方，红颜也从来都是祸水的象征，古代的女人们留守家中，渐渐凝成了一种守望和等待的姿态，浓浓的思念里浇筑了一股股的幽怨、无奈和希望。

而《青青河畔草》中，这种情愫更烈、更浓。"青青河畔草，郁郁园中柳"，满园美景，却没有一个人一起欣赏，只把良辰美景虚度。"盈盈楼上女，皎皎当窗牖。娥娥红粉妆，纤纤出素手。"翩翩佳人却只能等待归人，难不知"有花堪折直须折，莫待无花空折枝"？于是，青青、郁郁、盈盈、皎皎这些细碎而缓慢的情绪堆叠一起，发出心中之丘壑：昔为倡家女，今为荡子妇，荡子行不归，空床难独守。为了两个人平凡的相守和相偎，放弃了灯红酒绿、迎来送往的热闹，放弃了香车宝马、一掷千金的虚荣，放弃了推杯换盏、甜言蜜语的虚情假意，下定多大决心走入婚姻，担负起相夫教子的重担。可是婚后荡子不归，独守空房。这种勇气是上文那些深闺大院养出的小姐没有的，这种希望和失望的落差也是她们体会不到的，于是发诸纸端：空床难独守，毫不顾忌封建礼教的那一套。近代大学者王国维先生视此词为"淫鄙之尤"，但又说"无视为淫词鄙词者，以其真也"，大体也是震撼于思妇的真挚和大胆，也是喟叹于独守的无奈。

芙蓉花念谁

——《涉江采芙蓉》

涉江采芙蓉，兰泽多芳草。

采之欲遗谁？所思在远道。

还顾望旧乡，长路漫浩浩。

同心而离居，忧伤以终老。

《涉江采芙蓉》，初读时总感觉到它异常单纯。待到再三咏诵，才发现这"单纯"，其实寓于微妙的婉约叙述之中。

"妖童媛女，荡舟心许。益首徐回，兼传羽杯。棹将移而藻挂，船欲动而萍开。尔其纤腰束素，迁延顾步。夏始春余，叶嫩花初。恐沾裳而浅笑，畏倾船而敛裾"，这是梁元帝《采莲赋》里对江南夏初女孩采莲的一段描写，尤为朱自清称道。经过了一个寒冬，少女们都在家里闷坏了，能够在溪水上进行这种集体活动，个个都很兴奋。身段窈窕的她们唧唧喳喳，商量着怎么摇桨怎么驾船，小船在女孩七手八脚的指挥和翻天覆地的嬉笑声中缓缓往前驶着，水波慢慢被划开，激起一阵阵涟漪，让忙了一阵子的女孩子惊奇不已，咯咯地笑闹起来。船驶得渐渐快起来，在水中时而也会摇晃起来，而唧喳喳的女孩子们早已提起一角裙摆，以防清凉的河水溅到自己身上。"清水出芙蓉，天然去雕饰"，欢快的女子和清新的芙蓉花交相辉映，成为这个季节最美丽动人的场景。

夏秋之交，正是荷花盛开的美好季节。在风和日丽中，荡一叶小舟采莲，可是江南农家女子的乐事！采莲之际，摘几枝红莹可爱的莲花，归去送给各自的心上人，正是妻子、姑娘们真挚情意的表露。何况在湖岸泽畔，还有数不清的兰、蕙芳草，一并摘置袖中、插上发髻、幽香袭人，岂不更叫人心醉？但这美好欢乐的情景，刹那间被充斥于诗行间的叹息之声改变了。镜头迅速摇近，你才发现，这叹息来自一位怅立船头的女子。与众多姑娘的细小打诨不同，她却注视着手中的芙蓉默然无语。此刻，"芙蓉"在她眼中幻出了一张亲切微笑的面容——他就是这位女子苦苦思念的丈夫。"采之欲遗谁？所思在远道！"长长地吁叹，点明了这女子全部忧思之所由来：当姑娘们竞相采摘着荷花，声言要将最好的一朵送给"心上"人时，女主人公思念的丈夫，却正远在天涯！她徒然采摘了美好的

"芙蓉"，此刻能送给谁？接着空间突然转换，出现在画面上的，似乎已不是拈花沉思的女主人公，而是那身在"远道"的丈夫了："还顾望旧乡，长路漫浩浩。"仿佛是心灵感应似的，正当女主人公独自思夫的时候，她远方的丈夫，此刻也正带着无限忧愁，回望着妻子所在的故乡。他望见了故乡的山水、望见了那在江对岸湖泽中采莲的妻子吗？显然没有。此刻展现在他眼前的，无非是漫漫无尽的"长路"，和那阻山隔水的浩浩烟云！这让多少人以为，这里写的是还望"旧乡"的实境，从而产生了诗之主人公乃离乡游子的错觉。实际上，作者的"视点"仍在江南那位采莲女子的痛苦思情上。

　　一边是痛苦的妻子，正手拈芙蓉、仰望远天，身后的密密荷叶、红丽荷花，衬着她飘拂的衣裙，显得那么孤独而凄清；一边则是云烟缥缈的远空，隐隐约约摇晃着返身回望丈夫的身影，那年轻的面容，竟那般愁苦！两者之间，则是层叠的山恋和浩荡的江河。双方都茫然相望，当然谁也看不见对方。正是在这样的静寂中，天地间幽幽响起了一声凄伤的浩叹："同心而离居，忧伤以终老！"

　　相似的情愫李清照也在她的诗歌里有所表现，"花自飘零水自流，一种相思，两处闲愁。此情无计可消除，才下眉头，却上心头"。整个人都沉浸在这种相思的氛围中，世界怎么能不会愁苦满地呢？

眉怨不见君

——《玉阶怨》

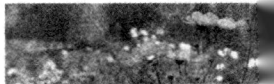

夕殿下珠帘，

流萤飞复息。

长夜缝罗衣，

思君此何极。

（南朝齐）谢朓

金碧辉煌、雍容华贵，权势显赫、发号施令，皇宫是这样一个地方，所以它是有追求的文人政客的天堂；渴望圣宠、独守寂寞、钩心斗角、色衰爱弛，皇宫是这样一个地方，所以它是美人红颜的地狱。后宫的那些女子们，用她们的百媚千娇点缀了一个个朝代，丰富了君王的生活，而她们的血泪感慨也一滴滴落在时光的过道上，隽永成一抹血红色的啼痕。

后宫的女子们不是没有得宠的欣喜，"回眸一笑百媚生，六宫粉黛无颜色"的杨贵妃可以享受"日啖荔枝三百颗"的奢华，可以让"姊妹弟兄皆列土，可怜光彩生门户"，光耀门楣。也可以争得"春宵苦短日高起，从此君王不早朝"的宠爱。可是，后宫从来都不是适合谈情说爱的地方，情爱掺杂了太多的权势、门第、地位等俗世因素，于是盛宠之下的贵妃也落得了一个"马嵬坡下泥土中，不见玉颜空死处"的下场。

红极一时的贵妃若此，后宫里其他女子的辛酸何须再提？她们大多出自小康之家，从小读经书识礼仪，她们大多姿色上乘，多才多艺，对爱情也难免抱有一点少女情怀似的幻想，一张张的笑靥，一个个聪颖的灵魂皆由选秀走入了这个威武高贵的紫禁城，命运就此改写。从此，她们就围在一个男人身边，成了一个男人的财产，人生的使命就是争得他的恩宠。因为有了恩宠才有了头衔、封号和对应的俸禄，才有了宫中的尊重和巴结，才有了家族的荣耀和腾飞。为此她们要忍受不被宠幸的夜里的寂寞，姐妹间残酷的竞争以及美人迟暮白头的苍凉。这就是古代后宫女子的宿命，也是宫怨诗数量之多的原因。

谢朓的这首《玉阶怨》就让我们窥到了宫人一天中的这样一个侧面。热闹而忙碌的一天终于过去，疲惫的身躯也得以歇息，走出珠帘绣榻，在这个大观园里慢慢踱步，欣赏夕阳中遍地精致华美的景色。大片的萤火虫仿佛是流动的星光，盘旋飞来又相约飞走，只留下青色沉郁的夜空。夕殿下珠帘，流萤飞复息。也许只有心境寡淡的闲人才能欣赏到这样的夜景。自己这样独自守望的生活过了多久了呢？一年又一年，寂寞独处也成了一种习惯。宫里每年都会有新人笑靥如花地入住到偏殿里，自己也不会再受宠了吧，不去期待恩宠就不会有最后的失望。

夜晚渐渐变深，寒意侵骨，打道回屋，明天又是忙碌而充实的一天。只漫漫长夜如何打发？"长夜缝罗衣，思君此何极。"捡起昨天缝了一半的衣衫，继续织织补补，天气凉了，皇上也需要换上长衫，虽然敬事房会献上最华美的绸缎，但万一皇上有一天来了我的住处，也能把自己用心织就的衣服为他穿上。当年他可是对我的做衣手艺赞叹有加。每个寂寥的夜晚，萤火虫飞走后的寂静时间里，她就是靠着那寥若晨星的期望和回忆生活的吧。她会想到当年皇上面见她的惊艳、为她一掷千金的大方、言不由衷的冷漠和恩宠新人的绝情吗？可是，她终要为这样的男子消耗一生的思恋和忠贞，这就是古代女子的悲情命运。

相比于谢朓的《玉阶怨》，李白的《玉阶怨》和杜牧的《秋夕》则把这种情愫表达得更为含蓄和内敛。李白和杜牧里分别这样描写宫人：玉阶生白露，夜久侵罗袜。却下水晶帘，玲珑望秋月。（李白《玉阶怨》）银烛秋光冷画屏，轻罗小扇扑流萤。天阶夜色凉如水，坐看牵牛织女星。(杜牧《秋夕》)同样是充满暧昧,令人遐想的晚上,本该缱绻缠绵的宫人们看到的却是寂寥凄清的景色:白露初上,衣衫渐生,长夜难眠,抬头却见一轮清月;红烛摇曳,惨淡灯光落在华美的屏风上,百无聊赖,一边用团扇扑打飞虫一边遥望着据说浪漫相守的织女牵牛星。她们的生活越是精致,越是玲珑,越能嗅到深入骨髓的寂寞和幽怨气息。

这是自然想起元稹的《行宫》:寥落古行宫,宫花寂寞红。白头宫女在,闲坐说玄宗。夏末的艳阳里弥漫着一种颓废和慵懒的气息,行宫寥落,人迹罕至,只有红花不甘时光的荒芜,依旧绚烂。几位白头宫女散坐,一边收拾着细碎,一边谈论着当年面圣时的青春和骄傲。红花年年再生,可她们为一个男人奉献的人生又能否再生?

思君曾几许

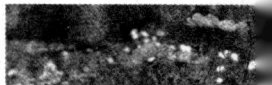

——《行行重行行》

行行重行行，与君生别离，

相去万余里，各在天一涯。

道路阻且长，会面安可知，

胡马依北风，越鸟巢南枝。

相去日已远，衣带日已缓，

浮云蔽白日，游子不顾反。

思君令人老，岁月忽已晚，

弃捐勿复道，努力加餐饭。

古代人的词汇里有"生离死别"，潜台词大致把生离和死别并列，赋予它们同样的悲恸和哀伤，现代人可能难以理解，但想到古代交通不便，舟车船马运行缓慢，才觉得"此时一别，不知何时再见"这种套话也是有一定的含义的。古代的离别诗，也因此更有张力和感染力。

行行重行行，叠词的堆用仿佛勾勒出游子离别的画面：他拖着疲惫的身躯，骑着瘦削的老马，缓慢地走在看似没有尽头的征途上。一声声沉重的脚步像打在女子的心里：生别离，两人相去万里，相隔天涯海角，道路艰险，不知能否再见？

时间缓缓流逝，离别的伤痛却未减轻，转眼间已到了秋季，这是万物萧瑟的季节，也是胡马归厩，越鸟南飞的时间，禽兽尚知还乡，游子怎么还不归家呢？分离已经有一段时间，望断秋水的女子早已被思念折磨得人比黄花瘦，而游子仍杳无音信。

距离的遥远、时间的流逝让人悲叹，但心灵的疏远和游离更让爱情中的人不安。游子忘记了他早归的誓言，既不归家，也无音信，是劳累奔波还是乐不思蜀？面对感情，女人总是敏感而细腻的。女子的心里渐生疑窦，心里也像"浮云蔽白日"，充满了各种疑惑、假设和安慰。动荡的心理加上满腹的思念惦记让女子迅速衰老，青春蹉跎，所谓"思君令人老，岁月忽已晚"。

《古诗十九首》没有署名，但脍炙人口，流传至今，也许是因为其语言明快，描写的感情质朴而典型，让很多读者找到了共鸣。对于古代的男子，三妻四妾本就是稀松平常合法合理的事，振兴家业光耀门楣也是身上担负的责任，女人只是疲倦时一个温暖的怀抱，回家后一个安慰的存在，他们到底有多么珍视女子值得怀疑，也难怪始终流离在外，对家庭不管不顾，难怪让家中的女子那么没有安全感。

如果女子像《诗经·氓》里的女子那样清醒独立，深信"无与士耽"，我们会赞许她的坚强，但是本诗结尾处的"弃捐勿复道，努力加餐饭"，女子竭力让自己打消重重疑虑，迅速收拾好自己独守家庭的寂寞和思念无处发泄的伤痛，仍然给予男子最朴实的关怀"努力加餐"，我不知道是不是该感动于女子的忠贞和专情还是该祈祷男子浪子回头，回归家庭。思念情深，如果不对等，便是一件让人唏嘘的事情。

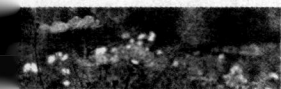

思高山流水

——《咏贫士》（其一）

万族各有托，孤云独无依。

暧暧空中灭，何时见余辉。

朝霞开宿雾，众鸟相与飞。

迟迟出林翮，未夕复归来。

量力守故辙，岂不寒与饥？

知音苟不存，已矣何所悲。

（东晋）陶渊明

世间万物都有各自的依托，人有地之依托，鸟有树之依托，万物因有依托而得以存在。那白云呢，白云的依托是什么？天上的白云无依无靠，孤独而凄清。它只有随着风任意吹卷，得不到一丝怜惜，孤苦无依，只消一瞬便化为残枝败叶，濒于灭殆，即便如此，也不愿没入混沌之流。看，那空中的流光，时聚时散。虽还是暖的色调，却还是没了金色的温度，怎么连它也要幻灭，恐怕不需多久就会显现落日的落寞的余晖。这会让人心生失落，寂寥惆怅却不知如何挽留，纵然伸手抢下一捧，却也只是自欺式的安慰罢了。朝霞的魅力确是无人可诡辩的，它大方而又充满活力，以它那亮金的光刺破沉积一宿的雾霾，潇洒利落，绝不拖泥带水，随着它开辟的金光大道，无数被囚禁了一个黑夜的鸟儿互不相让地冲将出来，上下翻飞，各自炫耀着拿手好戏，像是在展示自己。但总有只鸟儿从不和其他鸟儿一般争着冲出宿雾，而是随着自己的性子迟迟地自林中而出，独自飞翔，不为任何人展示自己，也不为任何人遮掩自己，往往在夕阳未落之时便已归巢，它亦不为任何人而改变。独鸟很辛苦，因为其他的鸟并不理解它，独鸟很心酸，因为其他的鸟更不赞同它，于是它独自拼尽全力坚守着自己的底线，尽管不能完全无视纷扰，但它独自在奋斗，虽然寒冷与饥饿是怎么也不可避免的，已经尽力了不是吗？有时会奢望会有来自知音的支持和安慰，但它很清楚，不可能有的，连知音都没有了，哪里还奢望理解与支持呢？因而即便在零落如此的世上，了过余生，大抵也不会太过悲伤吧。

　　说到陶渊明的"朝霞开宿雾，众鸟相与飞。迟迟出林翮，未夕复归来"。人们大概会联想到屈原的"众人皆浊我独清，众人皆醉我独醒"，也会想起三国诗人阮籍的诗作《咏怀》，其中有这样一句："孤鸿号外野，翔鸟鸣北林。徘徊将何见，忧思独伤心。"

诗人阮籍同样用孤鸟的意象表达了自己郁郁不得志的心情，感时伤世，独自一人徘徊于自己的内心世界之中。而陶渊明的诗已不仅停留在感伤不得重用的层面，更多了一种看透世事无常的意味，达到意在归隐的高度，也多了对自己年老体衰的感叹，人生苦短，光阴不再。其实谈到陶渊明，人们大多会随口吟出他的《归园田居》或是《桃花源记》中的名句，的确，这些归隐诗作脍炙人口，如："采菊东篱下，悠然见南山。"可见他是多么地热爱自然风光，而《归去来兮辞》更能体现他与农民们相处的融洽。这位五柳先生，并不是从一开始就爱上了朴实无华的农村生活的。

在中国，"学而优则仕"的思想仍根深蒂固，价值多元化的今天是这样，更何况是重农抑商的古代？从出生起，所有的女孩的宿命都是在家里相夫教子，所有男孩的使命都是投身仕途，企图一朝成名天下知。犹如向着太阳的向日葵，或者扑火的飞蛾，他们向着这个方向矢志不渝。陶渊明出生在一个衰落的世家，从小广泛涉猎，不仅像当时的世人一样熟读黄老之学，还吸收儒家的四书五经和《山海经》等玄幻的神话，善写诗词歌赋，他"猛志逸四海"，很早就在这条道路上崭露头角，但慢慢地发现了一些不对的地方。

他任江州祭酒期间，繁重的公文、琐碎的政务让他疲惫不堪，但这些都可忍受，因为成大事者，必先劳其筋骨，饿其体肤，行拂乱其所为，这是深谙儒家文化的他身上的优良品质，但官场上的陋习让"性本爱丘山"简单的他头痛不已。他试图说服自己这是实现崇高政治理想的必然代价，但失望、愤慨、怀疑、清醒在心里不断发酵、升腾，最后发出了"不为五斗米折腰"、"归去来兮，田园将芜胡不归？既自以心为形役，奚惆怅而独悲"的呼唤。于是，在某个众人皆醉他独醒的清晨，他洒脱地踏上了归途。"云无心而出岫，鸟倦飞而知还"。

陶渊明的居所位于人际嘈杂的地段，却丝毫感受不到车水马龙的喧嚣。怎样才能达到这种大隐隐于市的境界，不在于房屋的装潢多么华丽，也不在于手握多少资产，而是自己的心灵就生活在别处，把灵魂寄存在宁静清幽的地方。

归隐之后，再不用注意同僚和上级的脸色，不再奔波于繁杂的政务，而是专耕陇亩之间。在这里，他在自己的房前屋后围上一圈栅栏，便有了自己的一方天地。他种上翠竹青菜，既能自给自足，享受到纯天然的绿色食品，又能以竹自娱，提醒自己莫要忘记自己的高洁志向。他每天坚持早起，吸收最新鲜的空气，他"晨兴理荒秽，带月荷锄归"，过着简单甚至有点单调的农耕生活，但这样的生活让他感到"衣沾不足惜，但使愿无违"的充实。农闲时分，他提着竹篮在田间漫步，总能发现花开虫鸣的清新风景，他在篱笆旁边采下沾着露珠的菊花，不经意间抬头看到静谧的南山，仿佛在应和自己的疏离心境。不论白天黑夜，山上的空气总是甜美的，飞鸟们也纷纷从险恶的城镇、从四面八方飞来归隐到这片山林。谁说这儿地偏人少，自有和自己志同道合、心意相通的生物陪伴，享受大自然中难得的圣地。

"归去来兮，请息交以绝游，世与我而相违，复驾言兮焉求？"这是陶渊明归隐的直接原因，但归隐之地并非无人际之乐。这儿，他畅快地和亲戚弹琴论道，不必考虑是否会触怒权势，"农人告余以春及"，也让他感受到世间最淳朴无私的交流。

不管别人的冷嘲热讽还是轻言白眼，自己早在这一方天地中获得无限乐趣，何必再与人一争高下？殊不知成熟的标志之一就是不论世间评价，对自己选择的道路坚定地认同，正是"此中有真意，欲辨已忘言"。

陶潜与许多诗人一样，均是仕途失意，而唯有陶潜在无数次失意后，果断地离开官场，徜徉在毫无纷争的农人世界之中。陶潜二十九岁出入仕途便遭挫败，满怀壮志却只被封为江州祭酒，而后不久便辞官还家，之后为官也均是小官，而官场的黑暗及官员间的互相倾轧让陶渊明身心俱疲。他在当彭泽令时，不愿再忍受官场黑暗，便辞官归乡，从此过着躬耕归隐的生活。陶潜的"格格不入"在他的诗作中表现得极为明显，如本首诗中："朝霞开宿雾，众鸟相与飞。迟迟出林翮，未夕复归来。"其他的仕途中人展现各种逢迎，以谋求高位，而陶渊明却宁愿饥寒交迫也不愿"折腰"而为。但他的归隐也绝不是简单地对现实的逃避，只是不愿对黑暗曲意逢迎，更是对自己本性的一种回归，正如他在《归去来兮辞》中写的："少无适俗韵，性本爱丘山。"他试图按着世俗的轨迹去发展，但他最后遵循自己的心回到了山水之中。即便是只孤鸟，那又如何？

"万族各有托，孤云独无依。"道尽了人生无尽的苍凉，也化尽了人生在俗世中的渺小感。不过就算孤苦无依，将见"余晖"，也休要有那些苦闷的烦恼，遵从自己的本心，懂得什么是自己愿终其一生追求的，即自知，这样可能会活得更加洒脱。如陶潜一般，不愿为五斗米折腰，就算饿死也不低头，这是自己的选择，便要坚定地走下去。而后可能会发现，人生像是一处桃花源，"初极狭，才通人。复行数十步，豁然开朗。"于绝处而逢生。

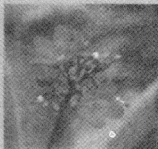

辑三

盛世婉转情——隋唐五代

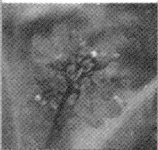

如果提到中国的朝代，不能不提到唐朝。唐太宗、唐玄宗的励精图治、人们的勤劳聪慧、政治国事的安定清明都是这个时期社会飞速发展的得天独厚的条件，于是物质丰富、科学技术发达、国力强盛、外番朝拜，一切都像走在旭日东升的上坡路上。

　　诗这一形式在唐朝日益成熟，达到了高峰，从《诗经》的四言到三国《古诗十九首》时期的五言再固定到这时的七言，韵律很强，表现的情感容量更加广阔、更加醇厚。而词这一形式也在隋朝前期种下种子，在生活的土壤里慢慢酝酿，开出清新可人的花朵，直到后来的宋朝，一举开到荼蘼。

悲青梅竹马

——《长干行》

(其一)

妾发初覆额，折花门前剧。

郎骑竹马来，绕床弄青梅。

同居长干里，两小无嫌猜。

十四为君妇，羞颜未尝开。

低头向暗壁，千唤不一回。

十五始展眉，愿同尘与灰。

常存抱柱信，岂上望夫台。

十六君远行，瞿塘滟滪堆。

五月不可触，猿声天上哀。

门前迟行迹，一一生绿苔。

苔深不能扫，落叶秋风早。

八月蝴蝶黄，双飞西园草。

感此伤妾心，坐愁红颜老。

早晚下三巴，预将书报家。

相迎不道远，直至长风沙。

(其二)

忆妾深闺里，烟尘不曾识。

嫁与长干人，沙头候风色。

五月南风兴，思君下巴陵。

八月西风起，想君发扬子。

去来悲如何，见少离别多。

湘潭几日到，妾梦越风波。

昨夜狂风度，吹折江头树。

淼淼暗无边，行人在何处。

好乘浮云骢，佳期兰渚东。

鸳鸯绿蒲上，翡翠锦屏中。

自怜十五余，颜色桃花红。

那作商人妇，愁水复愁风。

(唐)李白

人人都知道"青梅竹马"这个成语，大抵是一男一女从不谙世事时就在一起嬉闹，到长大通晓人事后把这种相守的友情延续成了爱情。人人都期待着能有一段青梅竹马的爱情，也是因为长大后遇到的爱情掺杂了地位、物质、外貌等外在因素，爱情退到一个次要的地位。而自童年开始的青梅竹马，难得的是孩童在一起嬉闹的无忧无虑和互存好感的纯真。可是，有多少人知道，这首诗出自放荡不羁的李白之手，又有多少人知道在李白的原作里青梅竹马的男女主人公的结局并没有延续童年单纯美好的童话生活，而是充满了悲伤和怨恨。

《长干行》是李白的乐府诗，写的是生活在长干的一男一女成长的故事。故事发生在两位主人公的幼年，那时的两个人还是牙牙学语、蹒跚学步的孩童。因为两家的父母都因忙于生计长期不在家，于是小妹妹和邻家的小哥哥一起玩耍、吃饭，甚至一起倒在床上睡得天昏地暗。在某种意义上，两人简直是相依为命、不离不弃的结合体。他们和童年时的我们一样有着很多令人捧腹的故事。小女孩被私塾先生罚抄生词，急得直哭，小哥哥忙自告奋勇地帮她减轻任务；在和邻家小孩一起过家家时，小哥哥总是主动和女孩分到一家，这样就能在其他男孩欺负她时挺身而出；女孩午睡时，男孩子骑着竹马在窗外一圈圈地跑着，边跑边叫着女孩的名字。窗前的青梅随着风颤着，犹如两人青涩的时光悠悠流动。

14 岁那年，一直对女孩子很好的男孩让父母上门提亲，女孩子没有经过多少思考就答应了，因为仿佛从小时候起自己心底就认定了这个一直在自己身边的人。于是，几挂鞭炮、一匹高头大马、一顶花轿，女孩就从自己住了14年的家里搬了出去，搬到了一街之遥的男孩的家里。从这时起，自己就和这个男孩一起，正式开始他们的生活。初为人妇的女孩还很羞涩，新婚之夜心慌地躲在一角背对着男孩站在墙边，任男孩怎么哄劝也不扭过来羞涩的脸庞，让男孩又好气又好笑。

婚后一年，女孩也变成了女人，知晓了男女之事，也知道了婚姻和爱情的真正意义和责任。她不再像少女时每天睡到日上三竿，饭来张口衣来伸手，她渐渐知道自己是这个家庭的女主人，要尽力把它布置打造成一个干净、宁静的地方，好让自己的丈夫有一个安定的后盾，可以安心地在外面拼搏。这样的生活细碎繁杂，但是一想到能够和他白头终老，这样的平凡也有了异彩，有了高尚的味道。

16岁那年，也是他们结婚的第二年，男人继承了家中的生意，跟着一行同乡出去打拼。还记得送他离去的时候，女人亦步亦趋，不舍得放丈夫远去。她满脸泪痕，犹如瞿塘中潋滟的水痕。离别的日子总是难熬的。每当五月份三峡的猿猴仰天长啸时，一声声哀婉凄凉，叫得整个宇宙都是惨痛的情思，催人泪下，让人不忍卒听。

一晃过了几个月，男人没有回来过，女人也百无聊赖懒得出去玩耍或游荡，终日在家收拾，新学了刺绣、书法打发时间。门前的人迹渐渐变少，竟然长出了青苔，仿佛这儿是无人居住的古宅一般。一日，女人终于注意到门口堆着的厚厚青苔，但她也懒得打扫，因为秋风总是来得很早，落叶早早落下，期待的人又没有回来，干吗费劲儿去打扫？

秋日就这样来了，天气转凉风雨渐频，更没有心情出去。于是，将每天的日子打发在屋后的园子里，整日看着发黄的蝴蝶在萧条的草木之前飞来飞去。萧瑟的秋日总是能让人感伤青春的伤逝，女人也不例外。女为悦己者容，自己渐渐老去，可是赏识者何处？

每年秋冬都是在外漂泊的长干人回家的时候，临近这个时节，女人早晚都到码头去等待，只了为看看有没有自己男人写来的报告自己回家日期的书信。终于，她朝思暮想的男人回来了，她披上久未披上的盛装，轻施粉黛，亲自去迎他回家。她心里总是想早点见到他，于是总是想再往前走一点，不知不觉地走了很远很远，走到风沙最急的地方。她也全然没有留意到出嫁之前的自己养在深闺，别说风沙，连夏日的阳光也没见过多少，而现在的自己早已和码头上奔波的女人一样，习惯了在风波里来来往往。

后来，这样的离别成了常事，思念也成了常态。自己期待的执子之手、白头偕老的婚姻变成了自己一年又一年的孤独守候。五月南风起来的时候，女人惦念着男人，这时男人应该刚刚到达巴陵了吧。八月西风萧瑟，这时他该从扬州出发，辗转另一个城市了吧。男子写信来说到了湘潭，蜗居在家的女人就开始惦念这个与自己相隔千山万水、本与自己无关的城市，那里交通怎样，天气怎样，生意伙伴是否可靠？某夜，长干狂风大作，吹折了江头的大树，女人就开始揪心，世界浩大，男人此时在哪里，有没有经受风吹雨打呢？

女子悲叹无边，自己仍是年轻美艳的，可为什么嫁做商人妇之后，终日独守空闺，担心着外面的天气和环境呢？

李白的诗歌向来是奔放理想化的。他的乐府诗《行路难》"欲渡黄河冰塞川，将登太行雪满山。闲来垂钓碧溪上，忽复乘舟梦日边。行路难，行路难，多歧路，今安在？长风破浪会有时，直挂云帆济沧海"中接连使用虚构的场景和历史上的例子，思维跳跃，大胆创新。他的《梦游天姥吟留别》中用"青冥浩荡不见底，日月照耀金银台。霓为衣兮风为马，云之君兮纷纷而来下。虎鼓瑟兮鸾回车，仙之人兮乱如麻"来描写天姥山上的壮观场景，其描写之细腻生动宛如亲眼所见，但谁相信这么瑰丽奇幻的景色全部出自李白梦中的想象？同样，"白发三千丈，缘愁似个长"也是李白的大胆想象。

凡是真正的文学巨擘都不只有一面，因为他们心灵纤细敏感，写出了别人知晓却表达不出的多面人性。李白有着奇崛想象，有着"天生我材必有用，千金散尽还复来"的自信，有着"天子呼来不上船，自称臣是酒中仙"的张扬性格，必会与现实社会格格不入，于是他的诗作中也有"抽刀断水水更流，举杯消愁愁更愁。人生在世不称意，明朝散发弄扁舟"的失意和"玉阶生白露，夜久侵罗袜。却下水晶帘，玲珑望秋月"的精致闺怨，也有《长干行》中的温柔细腻。

静夜长相思

——《长相思》

汴水流，泗水流，流到瓜洲古渡头，吴山点点愁。

思悠悠，恨悠悠，恨到归时方始休，月明人倚楼。

（唐）白居易

想起白居易，大抵会想到对"卖炭得钱何所营？身上衣裳口中食。可怜身上衣正单，心忧炭贱愿天寒"的卖炭翁投去的怜悯眼光以及面对刈麦的农人发出"家田输税尽，拾此充饥肠。今我何功德，曾不事农桑"的羞愧面色，白居易立志写老妪也能看懂的通俗诗词，诗词哀民伤情，无一不涉足。他的《赋得古原草送别》、《卖炭翁》、《琵琶行》、《长恨歌》总是能够让不同境遇、不同心绪的人产生

"同是天涯沦落人，相逢何必曾相识"的知音之感。我们也会想到能发掘江南那种"几处早莺争暖树，谁家新燕啄春泥。乱花渐欲迷人眼，浅草才能没马蹄"之美的欢快神色和面对"一道残阳铺水中，半江瑟瑟半江红"的敏感心灵。是的，他是心怀天下的，也是眼观美景的。

但他更是多情的，不然不会对杨贵妃和四郎的故事有"上穷碧落下黄泉，两处茫茫皆不见"的至深感慨，写下"在天愿作比翼鸟，在地愿为连理枝"的誓愿，也不会对"门前冷落鞍马稀，老大嫁作商人妇"的琵琶女有"同是天涯沦落人，相逢何必曾相识"的共鸣，也不会有这首《长相思》。

年轻时候的白乐天和中国古代的诗人一样有着单纯的"读则优而仕"，"达则兼济天下"的宏伟志愿，虽然寒窗苦读到而立之年才在长安立足，但他把自己对朝纲的讽喻化在自己通俗易懂的《秦中吟》、《新乐府》等诗歌里，寄托着自己的政治理想，他仗义执言，上书控诉暗杀武元衡和裴度的宦官，却被反咬一口，贬为江州司马。这边"浔阳地僻无音乐，终岁不闻丝竹声。住近湓江地低湿，黄芦苦竹绕宅生。其间旦暮闻何物？杜鹃啼血猿哀鸣"，理想和内心的落差之大由此可以感受。

文人是不幸的，因为他们的理想化让他们仕途多舛，他们的敏感又让他们痛苦不已。而文人又是幸运的，他们对女性的怜惜和尊重让他们享受到了至死不渝、贫贱不移的红颜爱情。白乐天一生蓄妓酗酒，在红颜美酒中构建自己的理想世界，"白尚书姬人樊素善歌，妓人小蛮善舞，尝为诗曰：樱桃樊素口，杨柳小蛮腰"，素口蛮腰由此而来。樊素小蛮一直跟随乐天左右，直到偏僻的江州，照顾其衣食起居，与其一起品鉴书画，他们在彼此的世界里互相取暖。在唐朝蓄妓成风，并不能因此指责乐天的滥情，因为女子对乐天的不离不弃和乐天对她们的竭力庇护足以胜过很多一夫一妻的家庭。

乐天老去时，自觉无力庇护这些女子，不管樊素小蛮的坚守，主动放她们自由，而在她们远去时，老无所依、孤苦一人的乐天写下这样悲情的诗句："两枝杨柳小楼中，袅娜多年伴醉翁，明日放归归去后，世间应不要春风。五年三月今朝尽，客散筵空掩独扉；病与乐天相共住，春同樊素一时归"，她们走了，带走了整个春天，只留下疾病和自己相伴。

这首诗也是在这样的背景下写成的。樊素告别后，会泛舟汴水和泗水直下杭州。老病的乐天独依床榻，一边想着当初那些缠绵浓情的旧日时光，一边想着心爱的樊素正在沿着悠悠的泗水和汴水流到瓜洲渡口，此生可能不复相见。吴山不再是一座青山，而是凝聚了点点离愁的郁结。才下眉头，却上心头，樊素刚走，乐天的心头就涌上不舍的情愫，却有心无力，自己老贫无依，哪舍得再把她留在身边受苦？思念和别恨如同无尽流水，真是恰似一江春水向东流。只有等她重回自己身边，这种遗憾才能终止。

独倚小楼，仰望一轮圆月和无尽的墨蓝色的苍穹，离愁别绪就这样笼罩了世间，无边无际。无人分享，独自悲叹，才是世间悲哀的事情。

烛泪到天明

——《赠别》

多情却似总无情，唯觉樽前笑不成。

蜡烛有心还惜别，替人垂泪到天明。

（唐）杜牧

　　谈到诗坛的"两杜"——杜甫和杜牧，我们总能从他们的诗中看出两个人迥然不同的秉性。呼号"安得广厦千万间，大庇天下寒士俱欢颜"的杜甫心怀天下，兼济苍生，描摹"两个黄鹂鸣翠柳，一行白鹭上青天"的杜甫清新自然，热爱生活。而杜牧则是另一番景象，写下"商女不知亡国恨，隔江犹唱后庭花"、"南朝四百八十寺，多少楼台烟雨中"的是冷静沉郁，有自己犀利观点而又含蓄讽喻朝廷的杜牧，写下"东风不与周郎便，铜雀春深锁二乔"是不被流俗影响，有自己独立见解和个性的杜牧。杜牧这样冷静犀利的性格，注定不是在政治上受宠讨巧的类型。虽历任监察御史、中书舍人等职位，但多遭排挤。此外，唐末统治者昏庸无度，大多听取太监内相的一面之词，缺乏盛唐时太宗玄宗的英明果断，也未发现这位将相之才。所以杜牧到终也未能实现自己的政治理想。

可是，这样犀利沉稳的杜牧却因为纵情声色、多情风流而闻名史册，这不得不让我们感慨人是多面而复杂的。他在《遣怀》里这样记叙自己任职扬州时的生活轨迹：落魄江湖载酒行，楚腰纤细掌中轻。十年一觉扬州梦，赢得青楼薄幸名。落魄的生活里行走江湖，只有两样东西排遣，一样是入肠解忧的杜康酒，一样是在掌中把玩的女色。在扬州的岁月里，他出入各种风月场所，夜夜买醉。一晃十年过去，如同一场大梦，而他自己没有留下经国伟世的美誉，反倒是赢得了青楼常客、薄情郎君的美名。在《寄扬州韩绰判官》他这样描写扬州：青山隐隐水迢迢，秋尽江南草未凋。二十四桥明月夜，玉人何处教吹箫。江南是山水秀丽的地方，也是温润如玉没有被风雨摧残太多的地方。而他对扬州最惦念最难忘的去处却是明月夜下的"二十四桥"，那里有玉人在把玩琴瑟。夜晚的清爽和红颜的魅惑气息交织，让他沉醉。豆蔻词工，青楼梦好，可赋深情。扬州的吴侬软语和美女佳人成就了杜牧，杜牧的多情也成就了扬州，难怪姜夔在写《扬州慢》怀念扬州时会写道，"杜郎俊赏，算而今、重到须惊"，"二十四桥仍在，波心荡、冷月无声。念桥边红药，年年知为谁生"。

杜牧存有两首《赠别》，估计都是送别他的红颜时所作。第一首这样描写送别的人：娉娉袅袅十三余，豆蔻梢头二月初。春风十里扬州路，卷上珠帘总不如。喜欢的女孩子才是豆蔻年华，容颜青春美艳，无人能及，到离别时刻还在留恋年轻皮囊。而在第二首《赠别》中，稍稍看出杜牧的情意，虽多情而不滥情，不长情但深情，这是杜牧这类的风流才子恪守的爱情哲学吧。虽然这为很多追求忠贞爱情的人所诟病，但杜牧诗歌中表达出的让人动容的情意却是真实的。

没有不散的宴席，这一次也是面对离别。也许是青楼画舫中的女子从良，也许是多情的杜牧远行，总之，他们在离别的前一夜摆酒设宴。女子默默斟酒，男子一杯接着一杯，一切皆如平常，但又是不一样的最后一夜。两人情深意切却偏偏面临别离，天各一方。既然已经知道对方的滚烫心意，那就无须多言；既然对明天无法做出承诺，那就不必许诺未来。两人心意相通，却相对无言，只是机械地推杯换盏，乍一看来像是同床异梦的一对情人。

两人之间的桌子上，蜡烛早烧了一半，在过堂风的吹拂下微微摇动烛芯。蜡烛仿佛是最了解两人心意的人，为两人的分离感到悲痛和不舍，一点点融化的蜡烛仿佛是为两人垂泪，空阶滴到明。此时无声胜有声，两人的种种情意都在烛泪中诉说了。

　　杜牧的性格只适合写"秦人不暇自哀,而后人哀之;后人哀之而不鉴之,亦使后人而复哀后人也"的警示之语,但被迫"醺酣更唱太平曲,仁圣天子寿无疆",内心的屈辱和不甘可想而知,他沉迷酒色无尽风流也是一种逃避机智吧,十几年的风流生涯中有几分真情我们不得而知,这首《赠别》却足以让我们感动。

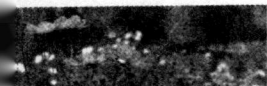

斜晖水悠悠

——《望江南·梳洗罢，独倚望江楼》

> 梳洗罢，独倚望江楼。过尽千帆皆不是，斜晖脉脉水悠悠，肠断白蘋洲。

（唐）温庭筠

"女为悦己者容"，大抵是有道理的，古代的女子身处深闺，没什么社交活动，也不拓展什么人脉，丈夫就是那一方小小世界的全部，打扮得美艳多姿、风姿绰约引得丈夫的爱慕宠爱，也是极值得的。所以，知道丈夫回归的消息，我们的女主人公早早起来梳妆打扮，化上最时兴的妆容，换上最能显出自己窈窕身段的衣装，望着镜子中的自己，神采飞扬，身姿曼妙，当年他就是为了这样的自己神魂颠倒，不知一番离别后相见他会不会喜欢？要是他不喜欢嫌弃自己人老色衰又怎么办呢？没关系，远行了这么久，他终于还是回来了。

就这样，带着惴惴不安和兴奋的心情，女子急急登上小楼，因为在这里能够最早看到远道而来的船只。侍女出于好意，本要跟着前来，却被她打发去了，她要独自享受与夫君见面的神圣时刻。

时间一点点流逝，女子先是迈着大步高兴地踱着，再是碎步轻移四处徘徊，最后索性坐下来倚在栏杆上，哪顾得上什么玲珑形象。可是，眼睛总是盯着天际海天相交的那一片白，注视着飞驰而来的一叶叶扁舟。

小舟大多呈白色，呈椭圆形，乍一看难以分辨，可女子知道那些都不是自己要等的人。当时送别"兰舟催发，执手相看泪眼，竟无语凝噎"时，自己将红布条挂在小船的桅杆上，以求保佑远行的人儿，也能在这无边的海上当作一个相认的记号。每一次白帆漂过，都是一阵希望，站起来仔细张望，又不是，失望地坐下，长吁短叹。

等待总是令人煎熬的，太阳已从地平线升到了正中间又渐渐落下，女子脸上的妆随汗水渐渐地花了，脸上的期待也渐渐褪去，谁让过尽千帆皆不是呢？夕阳西下，在悠悠流水上洒下柔和拨动的光斑，可是哪里有心思欣赏？在白苹洲，没有欣赏落日的惬意，只有久等人不至的失望和落寞？难道游子的世界真的那么绚丽多姿，让他乐不思蜀了吗？难道结婚时说的"执子之手，与子偕老"只是一张空头支票吗？难道古人说的"女之耽兮，不可说也"也是我逃离不了的宿命吗？

一瞬间，各种苦涩的情绪涌上心头，黯然转身下楼，还是离开这个肠断之地吧。

女子的心灵总是纤细敏感的，宋代的李清照写诗作画郊游，生活丰富多彩，但着了爱情和相思也是无着，她在《一剪梅》中"轻解罗裳，独上兰舟"，伫立成一种等待的姿态，所期待的不过是"云中谁寄锦书来？"情书未到，我们的才女也是满腹忧伤，"花自飘零水自流。一种相思，两处闲愁。此情无计可消除，才下眉头，却上心头"。她也在自己的《点绛唇》里写下类似的对等待的感受，"倚遍栏干，只是无情绪！人何处？连天衰草，望断归来路"，长路望断，不见归人，只留思妇空待。又想起现代诗人郑愁予的那个美丽的《错误》：我打江南走过，那等在季节里的容颜如莲花的开落。东风不来，三月的柳絮不飞，你的心如小小的寂寞的城，恰若青石的街道向晚。归人不回，让多少青春韶华的红颜封闭成了寂寞的城。

古代的女人没有那么小气，她们倒不是在乎丈夫迟归，而是在乎远行的人儿有没有在心里把自己惦念，自己和所谓的前路哪个比较重要，只要知道游子心里给自己留了一方位置，她们愿意忍受空虚和寂寞，给予"蒲草韧如丝，磐石无转移"的守护。

其实，以现代女性的视角来看，与其苦苦守候等待男子的垂青，不如走出闺阁，春季踏青夏季摘果秋季登高冬季赏雪，让自己的生活活得多姿多彩，虽不能像游子那样远行，但总有办法开拓自己的视野，身体和灵魂总有一个要在路上，婚姻不是一座囚牢，而是共同成长的一座宫殿。这样想来，现代女性要幸运得多。

近乡情更怯

——《菩萨蛮·人人尽说江南好》

人人尽说江南好，游人只合江南老。春水碧于天，画舫听雨眠。垆边人似月，皓腕凝双雪。未老莫还乡，还乡须断肠。

（唐）韦庄

江南的好风景是出了名的，有"日出江花红胜火，春来江水绿如蓝"的热烈，有"鱼戏莲叶间，鱼戏莲叶东，鱼戏莲叶西，鱼戏莲叶南，鱼戏莲叶北"的清新，有"接天莲叶无穷碧，映日荷花别样红"的朝气，也有"水是眼波横，山是眉峰聚"的清秀，所以诗人感慨"若到江南赶上春，千万和春住"，也多了份"烟花三月下扬州"的向往。一方水土养一方人，景美人更美，纤腰素素，明眸善目，吴侬软语，迁延顾步，这里是多少人午夜梦回的温柔乡。

词的开头，仿佛看到诗人和一众人高谈阔论的场景，众人或举例江南之美，或抒情对江南爱慕之深，或对比北国和江南相去甚远，主要观点就是江南好，游人只合江南老。而被说服的对象自然是我们来自北国长安的诗人韦庄。听了那么多关于江南的赞誉，诗人自然开始回顾自己到江南的经历。

在江南，一切都是新奇的，这儿没有"忽如一夜春风来，千树万树梨花开"的寒意，也没有"大漠孤烟直，长河落日圆"的粗犷，也没有"北风卷地白草折，胡天八月即飞雪"的萧瑟。绿意盎然的春水像翡翠、像琥珀，绿意铺满天际，江南的山水犹如这边的女子，秀丽温婉。这儿不像北方有登高骑射的激烈活动，人们更愿意荡着慢悠悠的绿水泛舟，白日赏花乐，夜晚听雨眠。这儿是西子的故地，也能看到如她般垆边沽酒的女子，皓腕明眸，步履翩翩，看得只让人眼醉心醉。是的，这儿的一切都很好，江南的韦庄过得画舫般精致，也从潋滟波光般的缓慢节奏中找到了舒适和安宁。

对的，他们说的是对的，"游人只合江南老"，"未老莫还乡，还乡须断肠"。如果现在还乡一定会后悔，一定会在梦里重温这儿的美景丽人，而且家乡的惨景定会让人肠断。想到这儿，韦庄的心底隐隐的不满和不甘开始慢慢渗出来：其实江南再好，不是我的家乡，我终究还是想回归故里。可是唐末五代十国朝纲动乱，人们颠沛流离，不是不想回家，是有家不能回啊！不能回家，于是只能用江南的美景麻痹自己，沉醉在温柔乡里。

韦庄是唐代著名诗人韦应物的后代，继承了先人的社会地位，早年在长安丰衣足食，春风得意，也继承了他"野渡无人舟自横"的敏感和细腻，在唐末滞留江南的几年共写了五首《菩萨蛮》，每首都绮丽奢靡，但都带有"今朝有酒今朝醉"的颓废和企图忘记家乡之乱的痛苦。比如第二首"红楼别夜堪惆怅，香灯半卷流苏帐。残月出门时，美人和泪辞。琵琶金翠羽，弦上黄莺语。劝我早归家，绿窗人似花"，落榻红楼，苏帐缱绻，却总是想起家中思人挥泪送别的场景，兵荒马乱交通不畅，也不知道她现在过得如何。琵琶清脆歌声婉转，却总像在提醒自己早日回家，莫让家中之人独自等待。再比如第四首，"劝君今夜须沉醉，尊前莫话明朝事。珍重主人心，酒深情亦深。须愁春漏短，莫诉金杯满。遇酒且呵呵，人生能几何？"金樽美酒味美，知己佳人情深，还是今夜沉醉，忘记那些让人断肠的事情吧。

经历沧桑、情感纯熟的人抒情时不会声嘶力竭，也不会惊天动地，会在细水长流的描摹中把自己的点点心迹掩藏其中，初看看不出端倪，甚至能看出欢乐和繁华的影子，但是只要你掌握了他编织情感的那个密码，浮华退尽，你就能听到他沉郁顿挫的内心和大音稀声的哀恸……

行至**晚唐，诗歌**也像一个耄耋老人，失去了少年时的激情，青年时的**豪情，中年时**的冷静沉稳，多了点老年的睿智反思和敏感细腻。可是，**在唐朝末年**，诗歌并没有走至末路，韦庄的婉约纤细给了晚唐不一样的情调。

只取一瓢饮

——《离思》

曾经沧海难为水，除却巫山不是云。

取次花丛懒回顾，半缘修道半缘君。

（唐）元稹

有人说，"黄山归来不看岳，九寨归来不看水"，大抵是因为黄山的奇美秀丽和九寨的鬼斧神工让天下的山水相形见绌，所以才有这种"弱水三千，只取一瓢饮"的自信和霸气。几千年前的元稹生活的唐朝旅游业并没有现在这么发达，那时的五岳和九寨也还待字闺中等待开发，但他用独特的感触和渊博的知识写出异曲同工的两句"曾经沧海难为水，除却巫山不是云"。曹操在《观沧海》中写道

"东临碣石，以观沧海。水何澹澹，山岛耸峙"，《孟子》写道"观于沧海者难为水，游于圣人之门者难为言"，宋玉在《高唐赋》中写到巫山"且为朝云，暮为行雨"，上属于天，下入于渊，茂如松弛，美若娇姬，沧海的深广和巫山云的变幻多姿自然不是其他地方的水和云能够比的。见识过沧海和巫山云的人自然会折服于自然的壮观和瑰丽，灵魂深处有一种被洗礼的高尚悸动，也自然会变得淡定，再遇到山云也不会像井底之蛙和刘姥姥那样盲目地崇敬和艳羡。所以说，人的淡定源自经历，而经历不在多，在于刻骨铭心。

欣赏美景如此，追求爱情也是这样。经历过最惊艳年华、最心心相印的爱情，就不会轻易交出自己的内心，因为记忆中的那份刻骨铭心可能是后来终其一生都难以企及的。

元稹的这首《离思》是自己退居家中、爱妻离世后写的悼词。妻子是太子少保韦夏卿的女儿，锦衣玉食，娇生惯养，却愿意在20岁的花季嫁给一无所有的元稹。两人的婚后生活虽然不致荣华，但柴米油盐，举案齐眉，也算是其乐融融。七年的婚姻没有给两人带来七年之痒，却带来沉淀后更浓郁的幸福，在第七个年头，才华横溢的元稹终于在而立之年升任监察御史，平步青云指日可待，但琴瑟和鸣的妻子却溘然长逝，怎不让人唏嘘？在抒发沧海巫山的感慨后，诗人笔锋一转，给出了丧妻之后的自画像，"取次花丛懒回顾，半缘修道半缘君"，正值壮年、风流倜傥的自己每次经过花丛都百无聊赖，漫不经心，不屑一顾。这里的花丛既指姹紫嫣红的自然之花，又指环肥燕瘦的妙龄女子，两者都代表着青春的朝气和生活的美好，不过对于自己同样没有吸引力。一半原因是自己潜心修道，开始明白"空即是色，色即是空"，"五色令人炫目，五味令人味道"，慢慢习惯了这种寡淡但平淡安心的生活，另一方面则是失去了心心相印的爱妻，虽然她已经远去，但那种刻骨的爱仍在心里，无人能取代她的位置。

在《遣悲怀·其二》里，元稹也没有忘记她的亡妻，"诚知此恨年年有，贫贱夫妻百事哀"、"唯将终夜长开眼，报答平生未展眉"。既有对婚后让自己娇妻过清贫生活的内疚和悔恨，也有自己发达时妻子逝去的无奈和哀伤，死者不能复生，如果真有灵魂，希望她在阴间活得平顺安宁一点。

元稹在 34 岁时还是纳了妾，在 41 岁时也和唐朝女诗人薛涛有了惺惺知己之情，虽然他身边还是有了新的女人，但在他心灵深处肯定为韦氏留了个特殊的位置，他新寻的爱情模式肯定也与那段刻骨铭心有暗合之处。

爱情无穷止

——《无题·相见时难别亦难》

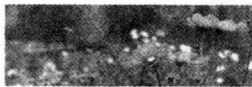

相见时难别亦难，东风无力百花残。

春蚕到死丝方尽，蜡炬成灰泪始干。

晓镜但愁云鬓改，夜吟应觉月光寒。

蓬山此去无多路，青鸟殷勤为探看。

（唐）李商隐

在华夏文明的历史上，大唐的空前繁盛诞生了一批璀璨夺目的诗人，李白、杜甫、王维、白居易、孟浩然……他们宛如诗歌长河里集中爆发的灿烂星辰，共同描绘出了一幅盛世景象。而在这条长河的末端，独有一位诗人，他徘徊在晚唐的风雨飘摇里，用短暂的一生写尽缠绵悱恻与摄人心魄，在唐王朝的后期掀起诗歌创作的又一个高潮，其迷离隐晦的风格，解读难度之高，在千百年后依旧令人玩味不已，"诗家总爱西昆好，独恨无人作郑笺"。这位诗人，叫作李义山。

这首诗是李商隐17首无题诗当中的代表作，其具体所指饱受争议，大部分人认为这是一首写他早年爱情经历的情诗。

与大部分诗人不同，李商隐写爱情的诗作既没有像杜牧那样直接描绘恋人"楚腰纤细掌中轻"的曼妙体貌，也不愿如李白《秋风词》那样直抒胸臆。他的这首无题诗甚至没有一个贯穿始终的系统的意境，然而却运用了一系列的意象比喻，将心中相思之苦锱铢道尽。

诗的开头，"相见时难别亦难"这一句毫无铺垫地直叙思念，宛如一道奔雷劈空而来，这就好比纯真时代的爱情，它不需要任何繁华的前缀和条件，你只需在路上缓缓地行走，它到来的时候，便毫无防备地同你撞个热情满怀——还有什么比这样简单直接的情感更让人念念不忘的呢？这样热烈而突然，使得温润的暮春天气里，也难以感到风的吹拂以及百花的芳香，这是确确实实的"东风无力百花残"。

接下来，李商隐用了一系列意象来表达对这份感情的深沉。我想当他将这些连续出现的意象付诸笔端的时候，绝想不到它们将纵横漫长的时光成为后代反复玩味称道的千古绝句。看吧，他说道：

“我对你的爱就好比春蚕吐丝，绵长不绝，你的身影时刻萦绕在我的心间，至死才能断绝。就好比寒夜里微弱而执着的蜡烛，用毕生的心血为你燃烧、守护在你的身畔，直到我肝肠寸断化作灰烬。我对你念念不忘，昼夜难寐，早上醒来照镜子的时候，恐怕自己面色憔悴，已然失去了往日高傲的荣光；我对你念念不忘，以至于在深夜里独自吟咏你的名字，想念你在温和阳光下可爱模样的时候，连洒在我身上的月光都只剩凄苦寒凉。你的住所好比那蓬莱仙境，只要我爱着你，便没有那么遥远，美丽的青鸟啊！劳烦您替我多多探看！”这一长串的表白心迹，横空而起，旋而轰然坠下，正是那热烈而明朗的爱情应有的模样。李商隐的情诗虽然风格不如其他诗人直白，但是这样一份波涛汹涌的感情，恰恰还原了人们性情的本初，这也许就是李诗在历尽了风霜雨雪的晚唐独树一帜，并且在后世长生不息的原因吧。

有学者推测，这首诗的表白对象为李商隐少年时代的恋人宋华阳。这段发生在一千多年前的恋情，我们可以通过这首诗窥见当时的场景。

在一个暮春时节的早晨，一位瘦削的白袍少年缓步走进灵都观的大门，正是春寒料峭的时候。山门前的花草已经绽放出鲜艳的姿态，只是在这个少年的眼里，却显得有些凄凉——肩负家族复兴重任的他，在迷茫和隐忍的状态下，已经独自走了很多年。观里的钟声敲响，少年举步正准备走上大殿，在那一刻他看见了立在廊上的宋华阳。这位清丽的女道士在晨光的照耀下显得那样迷人，宛如少年遗忘许久的简单与纯粹，生命中那些美好温暖的事物，在那一刻扑面而来。于是在那一年暮春的早晨，白袍少年于晨光中与宋华阳的邂逅，唤起了心中蝴蝶的悸动，一种悠久绵长的情愫娓娓而来，千年之后依然赫赫人心——就像那曛暖的春光一样迷人。

此情此念与谁言

——《锦瑟》

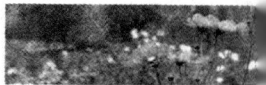

锦瑟无端五十弦，一弦一柱思华年。

庄生晓梦迷蝴蝶，望帝春心托杜鹃。

沧海月明珠有泪，蓝田日暖玉生烟。

此情可待成追忆，只是当时已惘然。

（唐）李商隐

　　传说中锦瑟本有五十根琴弦，后来秦帝嫌其声音密切而悲凉，命人们把琴弦数量折半，化为二十五根，所以流传下来的古琴都是二十五根琴弦。这首诗的开头，李义山仿佛琵琶女座下青衫湿的江州司马，听着五十根弦做成的古琴，轻拢慢捻抹复挑，悲情像水泡从心底汩汩地冒出来，不禁苦笑：为什么面前的这把古琴有五十根琴弦呢，每一根琴弦都隐隐作动，像是提醒自己那逝去的年华。

面对着美丽如锦、无缘无故五十根弦的瑟，李商隐的思绪不禁缓缓流淌起来，一弦一柱都唤起了他对五十年逝水流年的追忆：国势衰微，政局动乱，命运如浮萍。壮年已逝，自己早生华发，回想过去的自己，自己像梦蝶的庄周，不知自己化蝶还是蝴蝶化为自己。我与庄周梦蝶又有何区别，似乎还不如庄周，我却连梦蝶的心境也没有了。一切都是迷惘的，人生虚幻无常啊，如暮春时节悲啼的杜鹃，无限凄凉。拥有珠、玉般的才德又有何用？现在自己的人生已成定局，再无重新来过的可能，现在自己也是"也无风雨也无晴"，心如入定的古僧和燃尽的青灯。只是现在偶尔想起当时那种无尽的遗憾，让人惘然若失。

李商隐用其独特的感情体验，留给世人细腻而又深沉的《锦瑟》，读完此诗，一种理想破灭、无限感伤之情溢于胸间。他深刻感悟到了色相俱空、有求皆苦、求不得苦的佛教真谛。但是他毕竟是平凡之人，明明知道追求幻灭，色相皆空，却走不出世俗的牢笼，摆脱不了世俗的禁锢，他依然对理想、青春、爱情有着无比的眷恋和向往，终于只能"此情可待成追忆，只是当时已惘然"。

对于李商隐的这首诗，历来众说纷纭，相对于爱情诗、悼亡诗、咏物诗，我更觉得是一首怀才不遇的哀怨诗，整首诗歌，以一种哀怨的笔调向我们讲述了作者理想破灭后的迷茫和无助，只有理想的破灭、希望成为绝望后的无助才会如此地深刻、感伤。

希望和理想一直是我们激情不断、奋斗不止的动力，有希望才有永不停息的毅力，当自己满怀希望、意气风发地奋斗后，却发现恋人生离、爱妻死别、盛年已逝、抱负难展、功业未建，这难道不是人生最悲剧的事吗？自己以无限的热情投入到生活中，付出巨大的努力，可是岁月无情、现实残酷，回首过往、面对现实，才发现一切都是迷惘，可惜时光不再，流年已逝，诗人对生活的无助和迷茫深深地触动着我们的心灵。

理想破灭、怀才不遇，李商隐面对这一切无可奈何，陷入深深的沉思。自古以来，理想破灭之人、怀才不遇之人都不可胜数，然而命运对他们还是公平的，暂时的郁闷、迷茫，却让他们得以名载史册、流传千古。怀才不遇的人对于人生都有一种深刻的理解，他们经历了或政治或家庭或历史的洗礼，思想更加深刻，对于世俗看得更加清楚。有人说只有经历了痛苦、失意、无奈和挫折，才能获得思想上的进一步升华，这也是生命的另一种体验。

在《锦瑟》里，李商隐犹如一位怀才不遇但清高隐逸的诗人，竭力维持着他的尊严，把他人生中的不平和愤懑编织在瑰丽奇绝的意象里，像造了一层烟雾，模糊了自己的真实面容。其实，他也有忍不住的时候，把真实情绪写在另外几首语言通俗洗练的诗歌里，比如《乐游原》中"向晚意不适，驱车登古原。夕阳无限好，只是近黄昏"，黄昏和煦温婉，只是快到尾声，是不是在暗示自己的迟暮呢？"秦中已久乌头白，却是君王未备知"，也是说他的英年已逝，却还未被君王赏识，年少的宏伟志向依然无着。"凄凉宝剑篇，羁泊欲穷年。黄叶仍风雨，青楼自管弦。新知遭薄俗，旧好隔良缘。心断新丰酒，销愁斗几千"、"忍放花如雪，青楼扑酒旗"，在这儿，李商隐已经和历史上很多文人一样把自己的愁绪埋在酒和青楼里，看似潇洒实则借酒浇愁愁更愁，更加悲哀。

综观中国文学史，大凡诗作流传广泛的人大多是失意之人。连落第的张继也因一首《枫桥夜泊》名流千古，试想如果那次张继考上了，就不会有这首千古名篇了，甚至连寒山寺也要销声匿迹了吧。命运就是如此，在一方面亏待了你，就会在其他方面给予补偿。但是要想收获成功，任何时候都必须先付出，也许会有短暂的失意和失败，甚至是一生的付出，但是命运终究是公平的，命运之神总会青睐努力付出的人，只是一个时间的问题。

愁别有滋味

——《相见欢·无言独上西楼》

无言独上西楼，月如钩。寂寞梧桐深院锁清秋。剪不
断，理还乱，是离愁。别是一般滋味在心头。

（南唐）李煜

漫观李煜存世的 34 首诗词，经历了前期的奢靡繁华，和亡国后
"问君能有几多愁，恰似一江春水向东流"般广阔深重的悔恨悲恸，
情感之河渐渐变缓，尖锐坚硬的情感沙砾被打磨为绵密的颗粒，再
沉淀为奔涌的情感暗流，氤氲为一个人的沉郁气质。这时的李煜，
少了年少时的狂妄不羁以及刚亡国时的焦躁叫嚣，多了一份稳重和
睿智，更显出男人的阅历和沧桑。《锦堂春》和《相见欢》这两首词

都是写在肃静的暗夜里。也许在夜晚的宁静里，人可以褪下白天佩戴的面具，让自己脆弱的内心敞露在疾风里，恢复自己的本心，也可以暂时避开白日的嘈杂，让自己的神经舒展开来，为自己的人生梳理一条清晰的脉络。

《相见欢》里，"无言独上西楼，月如钩。寂寞梧桐深院锁清秋。剪不断，理还乱，是离愁。别是一般滋味在心头"。万籁俱寂的夜晚原本温柔如水，狭长如钩的月牙却给它平添了一点凄清和凉薄的意味。宽大而浓密的梧桐树叶在夜风里窸窸窣窣，这秋日私语是什么内容呢，是抱怨一场秋雨一场凉还是感慨被锁在深深庭院的清冷和孤寂？这个时候的李煜独自登上高楼，脸上已不再是刚刚被宋俘虏时那副苦大仇深、哭天抢地的神色，不再是一副醉生梦死，回避亡国被俘事实的颓废，而是换上了一副沉静的神色，因为时间是人生最好的导师，他教会了人妥协和接受已知的事实。

站在小楼上往远处看，景色一览无余，尽收眼底，仿佛这么多年的经历也一一铺开，自己又仿佛经历了一场从天堂到地狱的变迁。过去的美好历历在目，可现在终究物是人非，只有孑然一身倚楼凭吊。自己身在他乡，身边是陌生的山水，耳畔是陌生的语言，眼前是让人躲闪的窥视性的眼睛。而家乡的百姓早已换了主人，不知道能否习惯异族人的奴役，会不会和自己一样厌恶自己这个南唐后主的统治呢？这到底怪谁呢，是怪自己不专国事，无能昏庸，还是怪自己本就不该生在那个位置呢？李煜一静下来，这些千百个问题绵延不绝，也无法理出个头绪，就如水泡样争先恐后汩汩地涌上心头，顶得他五脏六腑疼得厉害，无一处安稳熨帖。这是一种什么滋味，他也说不清，只是慢慢咂摸出了后悔、悲伤、无奈、妥协和惆怅，也许这就是成长的滋味，只是知晓这种滋味的代价来得太过沉重。

《乌夜啼·昨夜风兼雨》里也是这般熟透了的忧伤："昨夜风兼雨，帘帏飒飒秋声。烛残漏断频欹枕，起坐不能平。世事漫随流水，算来梦里浮生。醉乡路稳宜频到，此外不堪行。"昨夜又是狂风骤雨，瑟瑟抖动的窗棂只告诉自己绵绵的秋意也慢慢侵袭而来。一个人的夜晚总是难以打发，更何况在这个全然陌生，对自己全不友好的地方。桌子上的蜡烛渐渐燃尽，流下一桌烛泪，蜡烛也不愿陪自己过夜吗？沙漏也一滴一滴敲打着，打在人心上，让人不能安眠，一夜频频起身依靠在枕头上。一旦从虚无蛮荒的梦里醒来，就被浸入回忆和现实的无边海水中，是啊，自己这一生也如潺潺流水，倏忽而过，又沉浮不定，如南柯一梦。

自己漂浮的世界凶猛无情，充满了对自己权力和领土的觊觎和对自己的鄙视算计，自己存在的空间孤独清冷，早没有了和小周后亲昵相依的甜蜜，代之以明日不知能否活下去的惊吓和惶恐。不禁又想起自己的家乡，那里有温软的床榻、丰美的食物以及最重要的扎根心底的安全感和归属感。在那里他可以放肆地大笑吵闹，也可以自由地发表言论，不必顾忌什么。一相比较，还是自己的家乡最为平稳安全，其他的地方不宜多加逗留。可是，好像只有拿起酒杯把自己灌得酩酊大醉时自己才能在梦中回到家乡。想回家而不得，这种无奈更令人断肠了。

年轻的男子喝酒，眷恋的可能是它的辛辣和癫狂，而多少成熟男子把现实生活的无奈，把对早已淡漠的理想的点点期许隐藏在一杯一杯的酒里，管它是不是"举杯消愁愁更愁"，管它"今宵酒醒何处"，只要有片刻能让自己麻醉忘却梦想未竟的痛苦，也是极好的。所以，辛弃疾在"醉里挑灯看剑"时忘却了自己闲居在家二十年的无奈，仿佛回到了金鼓齐鸣、勇猛厮杀的沙场，重新成为了那个指点江山、运筹帷幄的铁血将军，为了自己"了却君王天下事，赢得生前身后名"的理想而不断奋斗。李白在"将进酒"时只记得"多歧路，今安在"，也记得"但使主人能醉客，不知何处是他乡"。李煜的"梦里不知身是客，一晌贪欢"，"醉乡路稳宜频到"，也在暂时的迷醉中找到了回家的路，恢复了心中的安宁。从这个意义上，成熟男人越是酗酒，反倒不是不负责任，而是有时不堪重负，在片刻的麻痹中寻找解脱和逃避而已。男人有泪不轻弹，既然不能诉诸泪水，那就把酒当作藏身疗伤之处吧。

男人回顾自己的一生，无悔满足和荣耀固然是最好的状态，但像李煜这样对自己的过去带有些许的遗憾和失落，也不失为一种残缺的美，更让后人唏嘘和警醒。

叹天上人间

——《浪淘沙·帘外雨潺潺》

帘外雨潺潺，春意阑珊。罗衾不耐五更寒。梦里不知身是客，一晌贪欢。

独自莫凭栏，无限江山，别时容易见时难。流水落花春去也，天上人间。

(南唐) 李煜

"一片飞花减却春，风飘万点正愁人"，"残阳寂寞东城去，惆怅春风落尽花"，"寂寞深闺，柔肠一寸愁千缕。惜春春去，几点催花雨"。有趣的是，古人的诗词有伤春悲秋的传统，大致取秋天萧瑟，春日和煦，伤美好之蹙逝，叹肃杀之速来之意。春又象征着青春韶华，伤春词大多带有叹韶华易逝、红颜易老的感伤。而李后主的这首伤春词少了点闺中的嗔怨，多了点亡国的怅惘，境界更为深远。

北国的春天总没有南方那么和煦，虽已到暮春时节，一场春雨下过，大地还是春寒料峭。薄薄的被子经不住寒意的侵袭，才五更天李煜就像被凉水激醒。习惯性地叫周后和侍女的名字，因为刚刚在梦里还是缠绵和奢靡，但是空荡的房间除了飕飕的春风和窗棂上的雨滴，没有应答。这才发现"梦里不知身是客，一晌贪欢"，原来自己早已不是九五之尊，而是被人唾弃和鄙视的无能亡国之君，是大宋的囚臣，是南唐的罪人。梦里的自己可能还是"还似旧时游上苑，车如流水马如龙，花月正春风"，可是物是人非只让人"多少恨，昨夜梦魂中"。

想到这儿，李后主完全清醒了，披上长衫推开门窗，绵绵的雨丝携带着落花打在自己脸上，真是"林花谢了春红，太匆匆，无奈朝来寒雨晚来风。"凭栏远眺，不知是巧合还是宋太宗刻意为之，自己住的小楼面南，站在栏杆上看到的都是南边的无边风景，有宫苑里的潺潺流水，有华丽的亭台楼阁，有摆列整齐的奇珍异宝，可是全是大宋的财产，没有一分一毫是自己的。再往南去，望不到的地方该是自己的南唐江山，那边的一草一木，那边的贫苦百姓，都是在自己的心里，但"别时容易见时难"，不知何时再见，就算能够再见自己也是战败的西楚霸王，怎么有颜面再去面对？

　　罢了罢了，不再想这些无力回天、痛彻心扉的往事，李后主试图豁达地暂时忘掉这些，就又开始踱步欣赏这潺潺春雨，流水落花，春天终将逝去，自己的人生也不过白驹过隙很快就会化为虚无，这种天上人间身世恍惚的痛苦也会停止，到时就是自己的解脱时期。死亡也是一种快乐和解脱，这也是自己阶下囚的归宿吧。

　　春雨连绵，珠帘重重，本就容易让人产生悱恻缠绵的情感，再看到落红、残枝等阑珊的春景，自然会勾起心中愤懑惆怅的往事。此小令不如《虞美人》"问君能有几多愁，恰似一江春水向东流"那般情感昂扬，振聋发聩，但张力不输，仿佛愤懑和遗憾随着漫天的雨丝和飞红弥漫天际，"胭脂泪，相留醉，几时重？自是人生长恨水长东！"让人跟着李后主一起哀叹那逝去的荣光和美好。

望春风秋月

——《虞美人·春花秋月何时了》

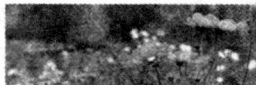

　　春花秋月何时了？往事知多少。小楼昨夜又东风，故国不堪回首月明中。雕栏玉砌今犹在，只是朱颜改。问君能有几多愁，恰似一江春水向东流。

（南唐）李煜

　　在文学史上，隋唐是连在一起的，唐朝的高度自不用提，而我们顺带提到隋朝和前面的南唐，完全是因为一个人——南唐后主李煜。平心而论，他并不是合格的君王，因为他贪图享受，无心治国，最终落得亡国的命运。可是，历史总是公平的，政治的功劳簿上把他批判得一无是处，而在文学的史册上他却因为细腻的笔触和感慨物是人非、家破人亡的哀思以及新奇的意象和语言表达被我们频频提及。

　　一代诗圣杜甫在诗中写道"文章憎命达，魑魅喜人过"，勾勒出文人"话到沧桑语始工"的尴尬命运：磨难有时会让人磨粗了筋骨，磨破了脚掌，但却会使人的心灵更加敏感丰富，更加澄澈透明。诗人的不幸，却是人类审美的大幸。这从南唐后主李煜留下的诗词中可见一斑。

　　李煜应该是中国历史上最轻松的帝王，命运把他放在了九五之尊的高位，但他的志向并不是匡计天下，而是想当一个"钟峰隐者"、"莲峰居士"，纵情于山水之间，于是他走下高耸朝堂，放下浩繁公文，一心潜入自己的诗词书画的瑰丽世界。

　　压抑的皇宫里，李煜是幸运的，因为他遇到了此生的挚爱——小周后，两人的甜蜜相守也成了李后主摆脱朝政的另一个精神避难所。亡国前期，他花了很多笔墨在两人的缱绻私情上，如这两首《菩萨蛮》："花明月暗笼轻雾，今宵好向郎边去。刬袜步香阶，手提金缕鞋。画堂南畔见，一向偎人颤。奴为出来难，教君恣意怜。"（《菩萨蛮·花明月暗笼轻雾》）"蓬莱院闭天台女，画堂昼寝人无语。抛枕翠云光，绣衣闻异香。潜来珠锁动，惊觉银屏梦。脸慢笑盈盈，相看无限情。"（《菩萨蛮·蓬莱院闭天台女》）。前一首写出小周后与后主在夜间私会，尽显俏皮柔美；后一首写出后主偷入小周后闺房，小周后惊醒，两人浓情对视，温馨甜蜜。前期后主的词里，充斥着奢靡浮华的生活，香艳柔美的偷欢，仿佛是一种逃避，沉溺在自己的小欢乐中，就能假装看不到南唐飘摇的朝运。

无忧的日子总是短暂的，面对强宋的嚣张气焰，南唐上供称臣，一再忍让，最终还是逃不掉城破国亡的命运，李煜和小周后也被俘虏，囚禁汴京。曾经的高贵头颅一朝沦为阶下囚，难免发出"几曾识干戈。一旦归为臣虏，沈腰潘鬓消磨"（《破阵子·四十年来家国》）的国道中落的无奈和辛酸。

在一个宁静的月夜里，算算竟是自己的生日。后主并没有庆生的心情，客居他乡难以入眠，望着皎皎明月写下了这首《虞美人》："春花秋月何时了？往事知多少。小楼昨夜又东风，故国不堪回首月明中。雕栏玉砌应犹在，只是朱颜改。问君能有几多愁，恰似一江春水向东流。""何时了"三字可以窥见后主囚禁的度日如年以及盼望解脱而不得的煎熬。小楼又见东风，勾起往事悠悠，不敢想象故国此景，该是雕栏玉砌犹在，只是主仆尽换，再不是我的家园。也不该再想，因为它见证了"最是仓皇辞庙日，教坊犹奏离别歌，垂泪对宫娥"屈辱而仓皇的离别。想到这儿，亡国的悲恸、治国无方的悔恨、囚居他乡的凄凉以及对故园的想念一起涌上心头，沉郁顿挫，一发不可收拾，化为千古奇句：问君能有几多愁，恰似一江春水向东流!

至此，李后主的词已由前期的缠绵纨绔少年的绵软香艳的词风盘旋而上，蕴含了更多感慨人生无常、品尝失意的情愫，情感更加醇厚沧桑。失之东隅，收之桑榆，后主是个失败的帝王，但却是位成功的词人，把人类很多微妙而普遍的感受用唯美的语言传递出来。"后主虽拙于治国，然在词中犹不失为南面王！"

据说宋太宗读完这首《虞美人》，大怒，赐毒酒，一代词宗李后主就此别世，南唐早亡，书生孱弱，宋太宗下此毒手想必与忌惮后主才情、愤恨后主仍牵挂故国有关，也可见《虞美人》的张力。

辑四

情愁恨别风——宋元

唐朝经济腾飞，政治安宁，国力强盛，造就了贞观盛世，也为唐朝人提供了莫大的自信和昂扬的姿态。所以，他们是狂笑着迈着阔步的，也是写着振奋人心的诗歌。相比之下，宋朝专制集权，改革遇阻，边境屡侵，最后北宋竟然被金攻破，不得不偏安杭州一隅屈称南宋。所以，宋朝人是沉思着跨着小步的，因为哪怕有激昂的前赴后继，也被惨淡的现实打磨平了棱角。因此，唐宋两朝的诗词，一激烈一内敛，一张扬一冷静，一粗犷一细腻，奏成了一曲中国诗歌史上的"冰与火之歌"。

　　因此，在宋朝，婉约词像找到了最适宜的土壤根基扎得很深，在汲取了时代的营养后，又开出种种绚烂的花朵。在宋朝的历史天空下，因为各个作者生存的朝代和生平际遇不同，不同的婉约词人形成了异彩纷呈的风格，这些花也有了不同的气味和风姿。

千里烟波恨别离

——《雨霖铃·寒蝉凄切》

寒蝉凄切。对长亭晚，骤雨初歇。都门帐饮无绪，留恋处、兰舟催发。执手相看泪眼，竟无语凝噎。念去去、千里烟波，暮霭沉沉楚天阔。

多情自古伤离别，更那堪冷落清秋节！今宵酒醒何处？杨柳岸、晓风残月。此去经年，应是良辰好景虚设。便纵有千种风情，更与何人说？

(北宋)柳永

年少时接触到这首词，并不知道柳三变是谁，也不知宋人叶得梦所说的那句话"有井水处，皆能歌柳词"。正是年少懵懂的年纪，如何能懂得何为凄婉，何为离别，只是对其中的词句有些印象，正值贪玩的年纪，知道蝉就是知了，可知了都是夏天的时候才会鸣叫，从没听过冬天还有知了，怎么能谈得上寒蝉呢。及至如今，方知那是秋日的蝉鸣，渐渐地天越来越寒，仿佛听到鸣叫声中的某些歇斯底里的意味。

在渐过渐寒的日子里，是否会有一种感伤的情绪，是否会思念某个人？可能偶然的一句话，一个画面都会让人有一丝感触。但是又有谁能像诗词里说的那样，让人一下子坠入思念的网、秋的悲，无法自拔。"寒蝉"的声响，只有自己能听到其中的寒，外人难解其义，好在，可以"念去去、千里烟波""今宵酒醒何处"用酒麻痹自己，让思想暂时还觉得你在。"杨柳岸、晓风残月"这一派景象，都是因为对你的想念，才把自己的心也弄得残缺了。

"寒蝉凄切。对长亭晚，骤雨初歇"，柳永送别的这一天，寒蝉就这样凄清地叫着，日落下的长亭一直延伸到远方，刚刚下过暴雨，空气里也带着一种刺骨寒意。这种气氛，适合三五好友在一起把酒言欢，自己却要在今天送走自己最爱的人。

当悲伤能哭出来的时候，那并不是最深沉的悲伤。小时候觉得被爸爸痛打一顿，哭得稀里哗啦，就是最大的悲伤，长大之后才发现，最大的悲伤应该是无法表达的心情，不会大声地哭出来，甚至不会流眼泪，那种悲从心上来的酸楚，瞬间就弥漫整个心扉，让人无法呼吸。正如辛弃疾在《丑奴儿》中表达的"少年不识愁滋味，爱上层楼，爱上层楼，为赋新词强说愁。而今识尽愁滋味，欲说还休，欲说还休，却道天凉好个秋"。我们每个人也都经历过这样的一个阶段，小的时候并不能深切地体会悲伤，只觉得受了丁点委屈或者有了细碎的感慨就是深深的悲伤，一定要四处呼喊人尽皆知，仿佛这样才能表现出自己的丰富经历。稍大时候，对悲伤有了一些概念，但可能经历过，也可能没经历过，所以只是有淡淡的浅浅的印象。及至成年，经历过爱情、亲情、事业等重大考验，了解了世事的无奈和现实，了解了语言和倾诉的有限作用，再大的悲伤都只会默默承受，即使有机会倾诉也愿意沉在心底。所以，别离时刻的两人，没有你侬我侬的道别，也没有事无巨细的叮咛，有的只是紧紧拉着的双手和相互注视的泪眼，但却流转着最深切的惦念和不舍。

是啊，说什么呢？回忆再多的情意，也面临着离别，展望再多的未来，也要面临惨淡的现实：自己的颠簸旅程不再有知己佳人陪伴，只有浩瀚千里的烟波和铅灰色低沉的云层一路相随。

自古多情空余恨说得有些绝对，但是"多情自古伤离别"确是实实在在的诤言。没有情只是没有到动情的时候，多情的人才是完整的人。多情的人儿本就会被离别的感伤所感染，即使是乐观的李白也会低叹"桃花潭水深千尺，不及汪伦送我情"，即使是豪放的辛弃疾也有"更长门、翠辇辞金阙。看燕燕，送归妾"的伤感。因为柳永的多情，因为他懂得相思，因为他的完整，才有他值得慢慢浅唱的《雨霖铃》。

柳永本感受纤细敏感，更何况这样的离愁是发生在凄清苦涩的深秋，周身像都浸染了萧条的气息。满腔苦涩，无人可依托，只得把它湮没在一杯杯的苦酒里。可是酒精的作用只是麻醉和逃避，自己酒醒之后又会是什么样的状态？自己估计是满身污秽，披头散发抱着一棵大树呼呼大睡，直到微凉的夜风把自己迷失的意识唤起，跌跌撞撞地站起来却只发现孑然一身的自己面前是一钩残月。再往后呢？不过是自己一个人机械地干着要干的事情，活着要活的年岁，生活在波澜不惊中度过。良辰美景将是虚设，因为不能和最爱的人分享，风情万种又有什么意义呢？

这种意境和唐寅《一剪梅》有异曲同工之处，大概多情的人的体验是相似的吧。

"红满苔阶绿满枝，杜宇声声，杜宇声悲！交欢未久又分离，彩凤孤飞，彩凤孤栖。别后相思是几时？后会难知？后会难期？此情何以表相思？一首情词，一首情诗。

"雨打梨花深闭门，孤负青春，虚负青春！赏心乐事共谁论？花下销魂，月下销魂。愁聚眉峰尽日颦，千点啼痕，万点啼痕；晓看天色暮看云，行也思君！坐也思君。"

和心爱的人在一起，总是情深意切，却也是时间匆匆。不敢想象离别后的自己，那时的自己该像孑然一身无处安歇的凤凰吧。那时的自己该是百无聊赖，相思满怀，可是相思又能怎么样，终究是不能相见，所以应该是把自己的满腹思恋写在一首首情诗里。于是脑海中仿佛看到了雨声淅沥，自己紧锁房门的寂寞深夜，不过是辜负良辰美景罢了。即使自己有了捧腹的笑料又能和谁分享呢？那时的自己该是眉宇紧锁，满脸啼痕。不论是行是坐，总是会挂念一个人。

细细读来，《雨霖铃》中的柳永仿佛一个浪漫的剑客，决意离开。当他拿起手中宝剑，却有一只纤纤细手柔柔一握，拿住了剑客的手。如此，将如何起身，如何拿起剑，如何走向远方？这词就是剑客此时的心态，就是他的心情，当此之时，剑客该如何决定？也许柳永本身就代表着一种悲情，代表着一种悲伤的情绪，在他的笔下，在他的世界里，这个剑客必然会决然地拿起剑，推开那双纤纤细手，昂首阔步地走向未知的世界，留下了破碎的世界，只是把残余的人、事、物留在原地，刻在图画里，最后形成了《雨霖铃》这首悲切万分的词。

柳永之后的许多年代，一直到今天，很多人都在惋惜柳永的才华，在怨念，为什么那个时代不对他好一些，或者也有很多人认为，正是由于他经历的苦难，才磨砺了他。确实也是因为他的才华，所以才流芳百世，但是站在柳永的角度，这些是否是他本人所需要的？甚至于，如果他能再活一千年，回首看这段演化，他是否依然坚持当时的追求？

柳永是那个时代留给我们的巨大财富，没有他就没有今天的

《雨霖铃》，也就没有我今天写的这段文字，但是从某种意义上来说，是否我们所津津乐道的诗词也是剑客柳永决然走后，留下的残破的柳永，由残破的柳永组成的在我们看来非常绚丽的世界。

鹊桥顾佳人

——《鹊桥仙·纤云弄巧》

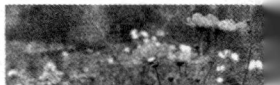

纤云弄巧，飞星传恨，银汉迢迢暗渡。

金风玉露一相逢，便胜却人间无数。

柔情似水，佳期如梦，忍顾鹊桥归路！

两情若是长久时，又岂在朝朝暮暮！

(北宋) 秦观

天上流云缱绻，不浓不密，但却丝丝入扣，牵引着魂儿随着气若游丝的她飘啊荡。只有那思无邪的星闪着明眸，思量着正看着它们的一对对怨偶，为何他们要这般忧伤？眉头紧锁似愁结，心有情思惹人怜。原是又一七夕不约而至，难怪一个个无伴的人频频启首举望。不见佳人倩影，唯有寄思念于浩瀚的星河，期冀星河把他们的期许流往佳人眸中。这像思念一样长的星河只能暗暗地为他们传送着离愁别恨，偶尔的一颗流星也可拨动离人心上的弦吧！地上被思念折磨的凡人是这样，天上的牛郎织女也是这样，他们早已按捺不住，期待着与情人的相见。

夜深了，果真是深了，这树头，这肩头，还有这心头，满是露珠，微风过处，露珠儿微摇，煞是可爱。在这如梦如幻的夜里，若能得以与佳人相会，必将此生无憾，但终是胜了那些人间烟火朝朝夕夕相处的情侣的。天上的牛郎织女仿佛也知道这一点，他们相见后没有抱怨天各一方，也没有悲痛异地分居，只是静静地望着两人深情的眸子，然后满足地享受怀抱里的静谧。

今夜因星河而难眠，因为它承载着太多太满的情，难再负一个个充满期待的梦了，纵然星河肯容我托付柔情，但我也深知你我相会将遥遥无期，还是待我回去梦中再与你相会吧。相聚的时刻总是短暂的，七夕正是因为一年只有一次才让人有那么多的期待。牛郎织女依依不舍地放开怀中的人儿，那是一年三百六十五天朝思暮想一年方可一见的人儿，然后这样安慰着自己。

可是饶是知道如此，还是不忍回身凝视鹊桥仙河，因它可望而不可即，因为归途上将只有自己的脚步，因回去之后又要面临一年的无边寂寞。

女子怅然男子悲痛，但生活还得继续，不能让悲伤压弯了腰杆。

于是，我们仿佛看到高大的牛郎为满面梨花的织女轻轻拭去眼泪，然后柔声安慰着她：两情相悦之人"蒲苇韧如丝，磐石无转移"，又何惧它远隔重山，不得相见？真正的良缘，不在于朝朝相伴，而在于你远在天涯，我却还在这里，不弃不离。牛郎一边安慰，一边给自己的爱人最后一个紧紧的怀抱。织女仿佛从牛郎坚定的话语和怀抱中得到了鼓励，也停止了啼鸣，待以安宁的神态和坚韧的眼光。是的，距离和时间无法阻挡我们相爱，就让我们用忠贞、责任和思念跨越这迢迢银河，守护我们的爱情吧。

牛郎星和织女星本是星系中普通的两颗星星，和地球一样由各种化学元素组成，却因为中国民间牛郎织女的故事广为人知，大加歌咏。人们流传的版本里，先是牛郎织女温情厮守，织女为爱情放弃天宫之职业，再是触怒玉帝，恋人天人永隔，然后是一年一度鹊桥相见，牛郎织女这对伉俪中间有太多阻力，让人间异地情侣找到了共鸣。史上叹咏七夕的诗词佳句并不在少数，而且为我们耳熟能详的也是比比皆是。记得在初中课本上就有了关于七夕的诗作，即《古诗十九首》："迢迢牵牛星，皎皎河汉女。纤纤擢素手，札札弄机杼。终日不成章，泣涕零如雨。河汉清且浅，相去复几许。盈盈一水间，脉脉不得语。"这首诗温婉迷人，宛如一碗久酿的离人醉，叹咏牛郎织女的坚贞爱情，却始终充盈着感伤心碎的辛酸。在唐代诗人李商隐的《七夕》中也是如此，他这样写道："鸾扇斜分凤幄开，星桥横过鹊飞回。争将世上无期别，换得年年一度来。"凄婉哀伤，牛郎似乎对未来失去了信心，连心中对爱情的执念都激不起他对未来的期许。其实也难怪，李商隐一生命途多舛，即便胸怀大志，满腹经纶，也得不到朝廷重用，这一句"争将世上无期别，换得年年一度来"，多少影射出他对政治失意的失望与感伤，更将他对前途未卜的担心与落寞含蓄而悠长地表现了出来。而晚唐诗人杜牧更借"银烛秋光冷画屏，轻罗小扇扑流萤。天阶夜色凉如水，坐看牛郎织女星"表现了七夕之夜沦为秋扇的宫人的酸楚心境。在牛郎织女相会的日子里她只能坐看天阶，无奈伤感之情溢于言表。如此之类，让人肝肠寸断，无数诗人感叹人的生离死别，一离便是地老，一别便是天荒。

　　而秦观却一扫旧态，吟出为世人赞不绝口的千古佳句，"两情若是长久时，又岂在朝朝暮暮！"这是对所有分隔两地的恋人们抒发的心声，也是对他们陷入苦痛的思念中的一种救赎。而秦观为何作为当局者却能发出旁观者的呼唤呢？秦观未仕期间在老家高邮耕读，徜徉于山水之间，好不自在，而"学而优则仕"是每个读书人的梦想，秦观也不例外，但参加科举考试屡屡落第，在第三次科举考试中终于考取进士，进入仕途。然而一进官场深似海，秦观因朋党倾轧被降数职，不久又被重用，可好景不长，秦观终被贬流放，客死于蛮荒之地。秦观一生仕途不顺，习惯了漂泊羁旅，好男儿志在四方，又岂能蜗居家中，和情人耳鬓厮磨！秦观的正妻是徐文美，而且夫妻二人感情也颇为深厚，曾在《临江仙》中写道"断肠携手，何事太匆匆"，流露出诗人对妻子的珍惜。两人情深意笃，作者自然有信心克服时间和距离的障碍，维系两人的感情。

其实秦观的爱情诗作中大多是写歌姬恋情，借此排遣人生苦闷，感叹命运的不公。但他表现了一个真实的人的真实情感，没有虚假亦没有做作，是当时许多人甚至是现在许多人所不敢喟叹的。而且，这并不能够减损他对正妻的思念和责任。

许多人看到"两情若是长久时，又岂在朝朝暮暮"这两句时会不忍唏嘘，因为它道出了相爱却不能相见的有情人心中的那份脆弱，也帮助了在爱情与距离这两座围城里的痴人儿拨开迷雾，走出来重新感受爱情带来的美好。即使不见，但知道各自都是对方心中最珍重的人，这便足够。情爱不通过朝夕相伴而更加深厚，也不因天各一方而疏离。

只影为谁去

——《摸鱼儿·问世间情为何物》

问世间情为何物，直教人生死相许？天南地北双飞客，老翅几回寒暑。欢乐趣，别离苦，就中更有痴儿女。君应有语，渺万里层云，千山暮雪，只影向谁去？

横汾路，寂寞当年箫鼓，荒烟依旧平楚。招魂楚些何嗟及，山鬼暗啼风雨。天也妒，未信与，莺儿燕子俱黄土。千秋万古，为留待骚人，狂歌痛饮，来访雁邱处。

（金）元好问

文人的心灵是敏锐而多情的，犹如元好问看到两只大雁殉情，写下了这首流传千载的诗词。这首词前的小序这样写道：乙丑岁赴并州，道逢捕雁者，云："今旦获一雁，杀之矣。其脱网者皆鸣不能去，竟自投于地而死。"予因买得之，葬之汾水之上，景石为识，是曰雁丘，时同行有多为赋诗，予亦有《雁丘辞》。大雁双飞，其一被捕杀，另一只投地自杀，其坚毅和痴情让人汗颜，不禁让人思索：这是雁之愚钝还是人之薄情？

看着两只死亡仍交颈缠绵的大雁，又不禁想问：世间的情是何物，竟能让大雁生死相依？大雁虽有鲲鹏浩荡之志，有兰桂高洁之思，但在浩瀚的苍穹面前终究是渺小的。不管风吹雨打，不管春夏寒暑，大雁都要振翅高飞，飞到"高处不胜寒"的云端，继续来回往复到死才终止的旅行。这种旅行跨越了千山万水，是疲惫的，更因"燕雀不知鸿鹄之志"，这种旅行又是孤独的。大雁不肯屈尊降贵，一旦踏上了征程不肯终止。好在找到了志同道合的大雁与其同行，于是，蓝色的天幕上又多了一对同行的身影，两者一起迎接晨夕，一起躲避风雨，一起栖息梧桐，一起飞向巢穴，两者的惺惺相惜慢慢转化为了朝夕相处、不离不弃的爱情，两只大雁也变成了痴情的爱情的朝圣者。不论经历什么，只要一起面对都是欢乐的，一旦别离又是痛苦的。

也许一只大雁被戕杀后，另一只大雁悲恸、伤感，也有过自己的思索：自己还可以继续高空中的旅程，但没有了朝夕相伴的伴侣，能想到的不是高山流水般的默契，只有万里层云、千山暮雪中只身片影的孤苦和寂寥。体验过爱情的甜蜜和神圣，这种孤寂更是深入骨髓，给人彻头彻尾的冰凉。既然活着了无生趣，那就随它而去吧，至少可以一起追忆云霄中的酸甜苦辣，至少可以一起面对阴曹地府的魑魅魍魉。于是，思考过后，它不再犹豫，以头抢地而死，让自己的鲜血和死去的大雁流在了一起。

为爱放弃生命，轰轰烈烈，感天动地，但并没有像人间的贞洁烈妇一样得到敲锣打鼓、竖立牌坊的待遇，也没有像窦娥那样感天动地，让大地六月飞雪，如果不是元好问，它们可能抛尸荒野，任苍鹰秃鹫啄食身体，也可能慢慢腐烂成一抔无名黄土，谁又会留意它们的鸿鹄壮志呢？即使有元好问这样的知音赏识者，它们不过也葬在汾河这儿的土丘上，想当年汉武帝微服私访此处时，锣鼓喧天，人流如织，多么热闹繁华，可现如今只有荒烟缭绕，山林冷落，寂静萧索，人迹罕至，独留两只大雁的英魂。凄风苦雨如招魂魄，却换不回它们的生命，只能发出自己的哀号。

看到这儿，元好问是伤感的，因为两只勇敢忠贞的大雁就这样湮没黄土，不为人知。但身为文人的他在骨子里还是有不同流合污、不沽名钓誉的高洁，众人不知道也罢，心有戚戚焉的名士自会狂歌痛饮前来凭吊，忠贞不二的歌女也会抚一曲高山流水前来追思。

现代人多引用"问世间情为何物，直教人生死相许"来赞叹爱情的伟大，但很少有人知道这首诗的原意是赞叹两只殉情的不知名的大雁，兽尤如此，人何以堪？现代人的爱情，更多地与门当户对的物质交换有关，这种同甘共苦、生死不渝的爱情想必是很陌生的了。

惟有泪千行

——《江城子·十年生死两茫茫》

十年生死两茫茫，不思量，自难忘。千里孤坟，无处话凄凉。纵使相逢应不识，尘满面，鬓如霜。

夜来幽梦忽还乡，小轩窗，正梳妆。相顾无言，惟有泪千行。料得年年肠断处：明月夜，短松冈。

（北宋）苏轼

无论是古代的"不愿同月同日生，惟愿同月同日死"，"在天愿做比翼鸟，在地愿为连理枝"，还是现代婚礼上的"Life or death cannot make us apart"，进入婚姻一开始，我们就向往着有一场白首偕老、超越时间和生死的相守。但爱情，总带着些丝丝点点的残缺的美丽。因为懂得，所以慈悲；因为遗憾，所以永恒；因为眷恋，所以铭记一生，已成了唯美的诗。

多情而豪迈的苏轼想必也是个风流倜傥、英气逼人的少年郎，似乎年少时一切的一切都晕着一层淡淡的光斑，未来显得"天风海雨逼人"，更添了些游刃有余的神气。那时他从不徘徊犹豫，从不自怜自艾处于被动的姿态，拒绝别人的压制和主宰，眼眸中永远燃烧着希望的火光，倒映着皎白澄澈的新月。苏轼不仅政治志向远大，和王弗的婚姻也很美满。那一年的阳春三月，王府招亲，说谁能给府前水池起一个最满意的名字就把大小姐王弗许配给谁，苏轼的"唤鱼池"唤来了贤惠美丽的王弗，苏轼在文坛、政坛经营谋划，王弗在家中相夫教子，生活温馨甜蜜，谁人不向往这样平稳的生活呢？

可是，世界永远不可能停留在童话的纯真梦幻，更多时候，世界更像是兜兜转转的巨大而又复杂的旋转迷宫，有着任谁都预测不到的意外轨迹和结局。月有阴晴圆缺，人有旦夕祸福，这样的日子总是短暂的。苏轼的朝堂生活出现震荡，一直被贬到蛮荒偏远的密州，王弗也在三十多岁时病死葬在家乡。苏轼从幸福的巅峰跌落到无边的深渊中，只能依靠自己突围。

苏轼被迫接受了另一种生活。于是，他埋头政务，希望为一方人民造福；他纵情山水，出猎时有"老夫聊发少年狂，左牵黄，右擎苍"的不输少年的豪放之语，也在赤壁边喊出"惊涛拍岸，卷起千堆雪"。时光像一阵一阵的猛烈潮水，渐渐把有棱有角的石子打磨得光洁而又圆滑。苏轼少了几分轻狂，多了几分淡然；少了几分热血，多了几分惆怅。那个沉默的素白年代，容不得任何人的肆意挥洒，也容不得坦荡荡毫无保留的单纯胸襟。苏轼说："梦随风万里，寻郎去处，又还被莺呼起。不恨此花飞尽，恨西园、落红难缀。晓来雨过，遗踪何在，一池萍碎。春色三分，二分尘土，一分流水。细看来，不是杨花，点点是离人泪。"似是女子一字一句的闺怨，心心念念的已是那个在心底日日夜夜深爱的人。

他一个人漂泊，向生活做出决绝的姿态。每一天的用心经营，都是在爱的天平上添的筹码。爱，流转。如《江城子》中的"天涯流落思无穷！既相逢，却匆匆"。《西江月》中"休言万事转头空，未转头时皆梦"。他是世间最真挚、最痴情的夫君。

"十年生死两茫茫，不思量，自难忘。"长久郁结于心深长的悲叹，十年、十五年、二十年……生与死两道厚厚的屏障，终归隔不了那深深的情思，剪不断绵绵的愁绪。爱妻王弗与苏轼共担忧患的夫妻感情，久而弥笃，是一时一刻都不能消除的。

"千里孤坟，无处话凄凉。纵使相逢应不识，尘满面，鬓如霜。"亡妻之坟在眉州，与诗人所在的密州遥隔千里。千里之外，无声黑白，可以想见她一人独卧泉下，该是何等的孤寂凄清。"无处话凄凉"一句，也可说是苏轼自己因仕途坎坷、潦倒失意，因而产生的满怀悲情愁绪，无法向千里之外长眠地下的爱妻诉说，亦包括亡妻亦无法向千里之外的他告知委曲。多年来的辛苦辗转，苏轼喃喃自语："我们即使能够相见，看见我这般风尘满面、两鬓斑白的衰颓模样，也一定认不出来是我了。"此时的他，更是抒发出"人有悲欢离合，月有阴晴圆缺，此事古难全。但愿人长久，千里共婵娟"的心语。

"夜来幽梦忽还乡，小轩窗，正梳妆。"原来，那些生活中的琐碎片段，一层层美好的痕迹在苏轼的心中并没有被时光抹去。这不只是虚无缥缈的梦境，更是恩爱夫妻平居生活的生动写照。心意相通，彼此安好。

"相顾无言，惟有泪千行。料得年年肠断处：明月夜，短松冈。"苏轼与心爱的人梦中相聚，错过的已太多太多，总以为爱是详尽的表达和语言的交流，其实，爱到深处是无言。时光荏苒，年华老去，红颜不再，心境颓唐，受尽了思念之苦痛，分离之磨难，再相见，心中穿越时光的深爱，已是彼此懂得，竟只有泪眼相对。"相顾无言，惟有泪千行"这与北宋词人柳永《雨霖铃》中的"执手相看泪眼，竟无语凝噎"意蕴相通。写尽了爱恨忐忑，悲欢离合。

"料得年年肠断处：明月夜，短松冈。"遥隔千里，松冈之下，亡人长眠地底，冷月清光洒满大地，爱是永远不会倦怠的，它永远是最鲜活的姿态、最美好的内里。生与死的界限，又能算得什么——"择一城终老，携一人白首"。

就像那首最古老的诗文——死生契阔，与子成说；执子之手，与子偕老。

　　其实，苏轼在这首词中表达的是天人永隔的伤感，这让人想起另一首描写相爱之人不能相见相处的诗篇——陆游《钗头凤》："红酥手，黄縢酒，满城春色宫墙柳；东风恶，欢情薄，一杯愁绪，几年离索，错、错、错！春如旧，人空瘦，泪痕红浥鲛绡透。桃花落，闲池阁，山盟虽在，锦书难托。莫，莫，莫！"

　　陆游和唐婉心有灵犀，志同道合，本已定下海誓山盟说要厮守相伴终身，无奈陆母将两人活活拆散，重新组合了新的家庭。虽存活于世，但两人的生离不亚于死别，让人痛彻心扉。在婚后的某一天，陆游徜徉于自己常与唐婉去的公园，满园春色杨柳葱绿，一切的景色仿佛和过去相比没有什么变化。这时却看到朝思暮想的紧锁眉宇的她，但是身边却有另一个陌生的身影陪伴。心中的苦涩涌来，正想黯然离去，却发现目光闪烁的她手持一杯酒向自己走来。看着消瘦了很多的她，顿时有千言万语涌上心头，可是想到无法实现的曾经那些言之凿凿的誓言以及这几年的两处分别，又什么也说不出口，只能把物是人非无尽的眷恋和无奈寄托在自己手中的这杯苦酒中，一饮而尽。

　　可见，生离和死别一样，都是断人心肠的。

寂寞不肯歇

——《卜算子·缺月挂疏桐》

缺月挂疏桐，漏断人初静。谁见幽人独往来，飘渺孤
鸿影。惊起却回头，有恨无人省。捡尽寒枝不肯栖，寂寞
沙洲冷。

黄州定惠院寓居作

(北宋)苏轼

现代的流行乐坛上有一首歌叫《寂寞沙洲冷》，小刚喑哑的嗓音
诉说了前女友另结新欢而自己黯然神伤的无奈和落寞，有一句歌词
"依然捡尽寒枝不肯安歇微带着后悔，寂寞沙洲我该思念谁"，自比
为高洁的沙鸥，宁愿独栖梧桐独忍寂寞也不愿随意将就。悼念情伤

的歌很多，但采用这种高洁意象的却很少。后来才知道这种别致清幽的意象并非小刚首创，而是出自才华横溢的苏东坡笔下。

八月十五的月亮圆润丰腴给人一种憨态可掬的感觉，而一钩缺月棱角分明，形状犀利，总让人有疏离尖酸之感。这就如同面颊饱满的邻家少女让人心生怜爱而轮廓分明、瘦若无骨的蛇蝎美人只能让人远观而敬而远之。如果这一钩缺月再配上萧落枯黄的梧桐，再配上喑哑低泣的夜风，再配上沙漏声声、惊犬狂吠，再配上万物入眠、万籁俱寂夜深就更加凄清阴沉，隐隐带起人内心最悲伤的情愫。

在这种大特写中，就看到我们的主人公苏东坡身披素雅长衫的瘦削身影，他倒背着手，在院子里轻轻踱步，像在思索着什么。远远望去，他疏朗的背影来回移动，像一只孤独的大雁身形缥缈。一声细碎响声在寂静的夜里更显清脆，惊得东坡回眸一望，但只是风吹树枝的声音，并不是期待的友人月夜唱和。低低地叹口气，继续无意识地在院中踱步。其实，自己的内心在怅惘什么又在忧伤什么呢？不过是放不下自己内心的那份坚持不肯与现实妥协罢了。自己这份倔强与现实格格不入，活该自己一个人在月夜寂寞，难以入眠吧。东坡叹了口气，视野里仿佛出现和自己很像的那只孤雁，寒风瑟瑟，已经跋涉过千山暮雪的它，早已疲惫不堪，翅膀被污垢和风雨打湿，又脏又沉，随便找根平坦的树枝就能舒坦一阵。但它终究心里抱着"良禽择木而栖"的期许和志向，捡尽寒枝也不肯妥协和安歇，只得在寒风中不停地盘旋低鸣，感受沙洲的无尽寒冷和凄苦。

　　苏轼和其父苏洵、其弟苏辙都是才华横溢、多才多艺的文人，他的文章《前赤壁赋》、《后赤壁赋》空灵澄澈，他的《浪淘沙》豪放豁达，他的《定风波》细腻淡然，然而文学上的造诣并不一定能保证一个人在现实社会中左右逢源、平步青云。苏洵很敏锐地看清楚了这一点，所以给大儿子、二儿子分别起名为轼、辙。在介绍苏轼姓名的用意时，他说"轮辐盖轸，皆由职乎车。而轼独若无所为者。虽然，去轼，则吾未见其为完车也。轼乎，吾惧汝之不外饰也"。轼是古代车外行人用于扶着的横木，并不是车的一个主要构成部分，但缺了它影响出行，苏洵的一片苦心全部凝结在"轼乎，吾惧汝之不外饰也"这句中，希望自己的大儿子善于变通和包装，左右逢源，在现实生活中活得舒适一点。

　　可是苏轼的命运恰恰投射了父亲的担心，他一生屡次被贬，从杭州到密州到黄州再到蛮荒之地的海南，最后客死他乡，人生之颠沛让人唏嘘。在20岁出头时，他刚刚娶了官绅之女王弗，又因为科举考试的一篇申论为当时宰相欧阳修赏识，本是仕途家庭双得意的阶段，可是天不遂人愿，他一生政治思想保守，却又倔强坚持，反对变法。他上书朝廷，多次表达对王派变法的不满，又自求远调杭州以表达自己不同流合污的志向，这一待就是三年。在杭州他为当地人民做了很多实事，本以为自己的努力可以为上面看到，得到一个公正的待遇。可是偏执于自己政治意向的他在湖州写新诗讽喻新法，被扣上"文字毁谤君相"的帽子锒铛入狱，一代文豪和政治干将沦为阶下囚，这已不能为志向高洁的苏轼接受，更别说被贬为只留有一个空名头的黄州团练副使。他像一只被主流朝廷抛弃的边缘人，在黄州困了四年，政治上的突围遥遥无期，那份孤独和寂寞岂不是和诗中的"寂寞孤鸿"一样吗?

虽然他在黄州郁结满肚，写下"何夜无月，何处无竹柏，但少闲人如吾两人者耳"，写下"惊起却回头，有恨无人省"，但是他的内心深处还是坚守自己的政治选择，反对变法。虽然偏安一隅，还是不断上书直陈时弊，希望得到皇帝的重视，匡正朝纲。后来的生活更加飘零，他被贬常州，途中经历丧子之痛，他再次被贬谪杭州，翻修苏堤，一路贬谪到广州惠州，海南儋州。

而他至死不渝的政治理想也像诗中的寒鸦一样"捡尽寒枝不肯歇，寂寞沙洲冷"，自己宁愿忍受被贬谪被边缘化的痛苦和壮志未酬、黄钟毁弃的伤痛，也不会一味应和政治潮流，改变自己的政治理想。

无风也无晴

——《定风波·莫听穿林打叶声》

三月七日，沙湖道中遇雨，雨具先去，同行皆狼狈，余独不觉。已而遂晴，故作此。

莫听穿林打叶声，何妨吟啸且独行。竹杖芒鞋轻胜马，谁怕？一蓑烟雨任平生。料峭春风吹酒醒，微冷，山头斜照却相迎。回首向来萧瑟处，也无风雨也无晴。

（北宋）苏轼

　　每当读到这首词，就仿佛触到一千年的那场大雨，来得迅速，下得猛烈，打得草木花容失色，打得人措手不及。同行的人都惊慌失措，或高声呼唤，或作鸟兽散，只有一位身形疏朗、面容清瘦、身穿素雅白衣的男子一脸淡定从容，脚步丝毫没有被这场大雨影响。旁人都羡慕他的闲适，对着这位怪人指指点点，但仍然没有对他产生半分作用。这位男子就是大文豪苏轼，而雨后初晴时，他也把这幅场景记在了他的《定风波》中。

这是一个春日的午后。苏轼和一帮友人推杯换盏，酣畅论道，兴尽而归，却没发现窗外早已是疾风骤雨。

雨点飞扬，竹叶塞窣，在雨中奏成一曲急促的歌曲，仿佛催着过往的行人赶紧离开这无边雨幕，躲到自己的小世界里去。但我们的苏东坡先生却毫不在意，他学着自己仰慕的魏晋名士，挂竹杖穿木屐披着蓑衣斗笠，一身随性而率真。他是一个雨中的独行者，喝着刚刚下肚的酒呼啸着自己喜欢的诗赋唱出心中的块垒，在雨中悠悠回响。这一刻，天地仿佛只剩他自己，向天地喊出自己的心声。自己的踽踽独行胜过乘坐高头大马，宁愿在雨中淋得像个落汤鸡，尽管逆风而行需要很大的体力，也不想放弃那种闲庭信步的自在。一件蓑衣蔽体，管它满城烟雨，管它雨打风吹去。

初春的风雨还是带着一丝凌厉的，春寒料峭中激起一阵寒战，激醒了微醺的酒意，才发现山头的夕阳快要落下，霞光斜斜地照在身上。突然像想起什么，苏轼回头向刚刚走过的地方望去，没有竹叶的塞窣摇动，没有狂风骤雨，没有雨后初晴，也没有艳阳高照，仿佛一切都没有发生，只是淡淡地望着来往匆忙的人，只有地上木屐在泥泞中留下的深浅脚印提醒着自己曾经走过。苏轼仰天长啸，扶了扶自己的草帽，继续高歌前行。

这种心境疏朗淡然，但是如果你了解到苏轼一生的浮沉，你也会感到吃惊。他中年丧妻丧子、不断贬谪到浙江杭州、湖北黄州、广东惠州、海南儋州这些地方，客死他乡，志向无着。这样的遭遇对于古代那种"官本位"至上的社会是极为苦痛的，因为这意味着失败和无能。

苏东坡先生无疑是有魅力的，他的诗词意蕴深沉，用词清新，他的言语掷地有声，他交友涉猎游玩吃红烧肉，生活多姿多彩，他访民上书修路，心怀天下苍生。而在这首词中他更是展现出了释然的心绪，虽然他有"拣尽寒枝不肯歇，寂寞沙洲冷"的寂寞和"笑渐不闻声渐消，多情却被无情恼"的怅惘，但遇到突发的大雨和人生的困难，他不再一惊一乍，而是培养出泰山崩于前而不改色的淡定气质，因为他知道"回首向来萧瑟处，也无风雨也无晴"。即使大雨如注，也不能阻挡我自己定下的脚步。这让人想起现代故事里在雨中慢慢踱步的哲人，他的想法也和苏东坡如出一辙，"与其奔跑着避雨，全身湿透，不如静静地徜徉雨中，享受大雨带来的别样风致"，大雨如此，遇到人生中的不如意也是如此。因为人生在世的不称意之事犹如这个下午忽如其来的春雨，总是层出不穷，猝不及防。与其高声呼叫，东逃西窜，不如摆出一副淡漠疏离的面孔按自己的脚步继续前行，因为不论是悲欢还是离合都会过去，所有如心神俱疲和哭天抢地的激烈情绪都会淡去，只是成为人生中也无风雨也无晴的一个经历。

成熟的人生状态是沉默的，没有高谈阔论，也没有惊天动地的情绪。不以物喜，不以己悲，不论什么都默默承受，只是在心底人们看不到的地方汲取绝地反击的正能量，在下一个出口再进行突围。

同样的生活状态可以从他的另一首词《临江仙》中可以看出："夜饮东坡醒复醉，归来仿佛三更。家童鼻息已雷鸣。敲门都不应，倚杖听江声。长恨此身非我有，何时忘却营营！夜阑风静縠纹平。小舟从此逝，江海寄余生。"心中积郁块垒，只能靠饮酒浇灌，半夜在东坡上借酒浇愁，醒了又醉，醉了又醒，来回往复，醉了便忘记了自己这一生颠沛流离的不堪境遇，醒了便再把自己麻醉下来。跌跌撞撞回到家，捶门不止，可是回来得太晚，看门的侍童早已鼾声如雷，没人给自己应门。索性放弃进屋的想法，挂着自己的手杖倚着家门，闭目静听，满腹的思绪也仿佛随着呜咽的江水逝去。"既自以心为形役，奚惆怅而独悲"，陶渊明有这样身不由己的不甘和怅惘，苏东坡也有，常常恨自己不能听从心灵的声音，整天无尽钻营。长叹一声循波涛声望去，风平浪静的

湖面上一叶小舟呼啸而去，是啊，自己什么时候能像小舟一样，
在广阔无垠的大海上浪迹天涯，以天为盖，以水为床该是件多么
自由而烂漫的事情！

君心似我心

——《卜算子·我住长江头》

我住长江头，君住长江尾。日日思君不见君，共饮长江水。

此水几时休，此水几时已，但愿君心似我心，定不负相思意。

（北宋）李之仪

女子是柔弱的，肩不能挑，手不能扛。但是情根深种，那种坚守的力量是不可想象的。女子一旦认定一段感情，便如直直指向东的罗盘，又如终日朝着太阳的葵花。

《红楼梦》中写道，若说没奇缘，为何今生偏又遇到他？若说有奇缘为何心事终虚化？人生最遗憾的不是从来没有遇见过，而是遇见了最后错过。如果没有遇见，我只当上天待我凉薄，我恨天怨地，绝不怪你；可我遇见了你，便知与天地无关，与他人无尤，怪只怪你。

　　但我又怎忍心怨你怪你！多年前看《还珠格格》，夏紫薇替母说的那句"她等了一辈子，恨了一辈子，想了一辈子，怨了一辈子，可是，仍然感激上苍，让她有这个'可等、可恨、可想、可怨'的人！否则，生命会像一口枯井，了无生趣"道尽了天下所有相思人儿的心。一个女子等了、怨了、想了、恨了一辈子，容颜不再，韶华已尽。但她决不后悔，她唯一的希望就是"君心似我心"，便可"不负相思意"。因为她的君即是天，她的君即是一切。

　　所以，《诗经·氓》中说"于嗟女兮，无与士耽"，大致说的是女性一旦交付心灵就会深陷其中不可自拔，而一旦薄情的男人抽身而去，只会遍体鳞伤。

　　谁知潇湘珠化泪，谁惜梨花成落红，谁怜碧海夜夜心，谁愿斩断相思魂。绵绵长江东逝水，住在长江头的女子，梳洗罢，倚栏眺望，远方那位拿去她魂魄的君此时此刻是否如她一般思念。女子以泪代心，以发寄情，抛泪长江边，青丝化入长江水，九曲十折，迂迂回回，住在长江尾的君可知否、念否、记挂否？

　　日日思君，日日不见君。昨日历历在目，如画重现，片片回忆，全在梦绕魂牵中。试想，一个女子的思念谁能承载得起？问天地，天地无语。问山河，山河漠然。西子湖畔，花谢花飞花满天，大明湖边，芙蓉盛放艳连天。是歌，是梦，还是那个用一生去追寻去认证的答案。月圆月缺，望穿多少秋。天上人间，梦断千年春。对女人来说，功名利禄，香车宝马，全是过眼浮云，她唯一的愿望不过是她的君心里有个她。不能暮暮朝朝，不论岁岁年年，不问何时是归期，只愿同他共饮一江水。

思念，是种病，一碰便一发不可收拾，得用命来抵偿。女子思君如逝者流水，不舍昼夜，未有已时。江水永无竭，相见永无期，思念永无涯。也许这是世界上最美的绝望。明知只有"山无陵，冬雷阵阵，夏雨雪"才能江水竭，还问问此水几时休，不过是一句呓语，一丝苦笑，一场寂寥，一段无法割舍的梦。

因为舍不得爱情，所以才放不过自己。女子啊，你恨他吗？真的舍得恨他吗？如果你恨他，为何还为他夜夜哭湿了头下枕，如果你恨他，为何日日翘首企盼他，如果你恨他，为何还愿和他共饮一江水……

此恨何时已？女子啊，爱已，恨便已。爱在，恨便在。生生世世，世世生生。

相思，让她明白什么是爱情，相思而不见君，让她明白什么是爱情的苦。经历过爱情，痛饮过爱情的苦，女子有了脱胎换骨的成长。她明白，爱情，是一种无可奈何，爱情，是一生的等候。虽然太残忍，可她如扑火的流萤，不在乎自己可能会灰飞烟灭，她甘之如饴，不在乎自己会肝肠寸断。

"君当作磐石，妾当作蒲苇。蒲苇韧如丝，磐石无转移"是全天下女人最孤注一掷的愿望。她的爱情很简单很简单，"只愿君心似我心"，只要她的君不变，她发誓"定不负相思意"，没有时空的界限，不问缘由，越过生死，只关风月，不关其他。

原来，女人爱一个男人，可以勇敢到自绝后路。原来，女人的爱，纯粹到决绝。而她们想要的只是男子的一个承诺、一个坚守。

伤人事全非

——《生查子·去年元夜时》

去年元夜时，花市灯如昼。月上柳梢头，人约黄昏后。

今年元夜时，月与灯依旧。不见去年人，泪湿春衫袖。

（北宋）欧阳修

崔护的一首诗里这样写道："去年今日此门中，人面桃花相映红。人面不知何处去，桃花依旧笑春风。"相传这首诗还有一个让人莞尔一笑的小故事：诗人踏春途中经过一家农户，不知是被屋里秋千上的嬉笑声还是被门前飘飞的衣衫吸引，总之就是不自觉地被牵引到农户门前。院内艳艳的桃花灼灼地开着，用最热烈的绽放迎接春天的到来。与桃花交相呼应的是女孩清纯的双眸和青春的笑靥，让人如沐春风。女孩可能一开始被突然闯入的男人吓到，但男人温柔的眼眸和挺拔的身姿让她心神渐渐安定下来，报以绚烂的一笑。人生若只如初见，何事秋风悲画扇，相遇不一定要发生点什么，那惊鸿一瞥也可能为枯燥的生活增添一抹亮色。一年之后的崔护故地重游，同样的温软地方，同样的艳丽桃花，自然让他想起去年的匆匆一见。门楣并没有上锁，吱呀一声就将其推开。于是，他理好衣衫，踩着期待和欣喜的步子走向院落深处，却只发现空无一人的院落和零零落落没有搬走的装饰。于是，他迈着怅然若失的步子，缓缓走出门外，只留下年年盛开的桃花在风中绽放它的风姿。

　　崔护和这位女子只是一面之缘，即使寻人无着、物是人非也只是一刹那的伤感，而欧阳修在《生查子》里表达的失落和伤感则更加深刻。

　　在门禁森严、道德教条的古代，女性并不能像现代这样自由进出家门，随心所欲地进行社交活动。男性在结婚之前根本没机会和自己心爱的人你侬我侬，共建情意。元宵节灯火通明、火树银花，本就是个梦幻甜蜜的人间盛会。而且元宵节是为数不多的男女可以正大光明出席的几个节日之一，所以它被称为古代的情人节，一点也不夸张。

　　去年元宵的情景还历历在目。一年一度的集会是那么地热闹，花摊、零食摊、猜谜语的台子鳞次栉比，头上的花灯交相辉映，像白昼的日球，在地下打下斑驳的碎影；集市上的人很多，像被人推着往前走，欣赏着花灯、杂耍和各类活动。可是，男主人却没心思去慢慢品味这繁华和热闹，只是逆着人流，一心往前走，离开这难得的庆典，走到那个静谧的只属于自己的地方，因为他心里惦念着要去赴多日前就和她定下的一个约会：元宵夜，月上柳梢之时，不见不散。到达那片小树林时，早已在那儿等待的女孩嗔怪着要离开以惩罚男子的迟到，却又不舍地回头为男子轻柔地抹去满头的汗珠。甜蜜，同时涌上两个人的心头，月光如水水如天，静静地照耀在这一对心灵相通的情人身上，宁静而圣洁。

时光如梭，转眼已到了今年的元宵夜。机敏的商人、勤劳的小贩、附庸风雅互相唱和的文人早早行动起来，把小城装扮成一场盛大的集会，在这个时候待在家里也成了格格不入的举动。那么就出去享受节日的欢愉吧。夜风缱绻，天上的皓月和地上的花灯还是像去年那么灿如白昼。可是再没有那种想快点穿越人潮赶往一个地方的冲动，也没有诅咒挡住自己去路的腹诽，只是如行尸走肉般被后面的人流推着，流向一个个欢快而吸引人的角落。这一切的原因都是因为去年和自己约会的那个人今年已经不在，也没有理由在这个实际的"情人节"里去享受自己的甜蜜。越往前走，越想逃离龟缩在自己的世界里，因为每看到一点今日的热闹就会想起去年的甜蜜，物是人非的对比情绪积攒下来，达到高潮。想到这儿，潸然泪下，打湿了身上的衣衫，周围的灯火也变得模糊起来。

曾经的甜蜜如今随风逝去，不由不让人唏嘘不已。这种伤感如果再衬上过去一起经历的甜蜜的场景，则会更浓更烈让人更难以忍受，难怪"泪湿春衫袖"了。

叹强颜欢笑

——《诉衷情·清晨帘幕卷轻霜》

清晨帘幕卷轻霜，呵手试梅妆。都缘自有离恨，故画作
远山长。

思往事，惜流芳，易成伤。拟歌先敛，欲笑还颦，最断
人肠。

(北宋)欧阳修

　　古代的舞台上总是有一类人能够惊艳我们的目光，她们浓妆艳
抹总相宜，她们身姿绰约，飘若惊鸿，她们或舞姿蹁跹或歌喉婉转
或善调琴瑟。于是，达官贵人为她们一掷千金只为佳人一笑或者买
断赎身让她嫁入豪门，柳永、白居易、杜牧这样的文人雅士引她们

为知己，为她们夜夜买醉，写下流传千古的诗篇，酒肆下人恶俗吹捧，良家妇女既嫌弃又羡慕，总之，她们头顶光环，与她们相关的故事总是精美、暧昧而香艳。

她们有李香君、陈圆圆，有杜十娘，有薛涛，有白居易笔下的琵琶女这些在当时的坊间名噪一时的奇女子们，有倾国倾城的容貌，有魅惑众生的身段，有高贵典雅的才艺，有敏捷聪颖的才思。按照现代的观点，这些女人的生命断然是奢华而有质感的，是风流而不失情趣的。但是，事实是，杜十娘对男人失望，抱着自己的百宝箱跳河而死，飞上枝头当凤凰的陈圆圆最终在乱世中孤独终老，写下一首好字的薛涛曾经心许元稹，却最终渐行渐远，李香君受尽阮大铖的侮辱，最终也没和侯方域双宿双飞，病死榻上。琵琶女嫁给了"重利伤离别"的商人，要不断忍受独守空房的寂寞和与过去热闹生活的无尽落差。这样看来，所有这些的浮华和光鲜是否都埋藏着不为人知的心酸和苦涩呢？

《诉衷肠》中也描写了这样一位女子，欧阳修是一届政客，却也有柔软内心得以捕捉到这样一个女人的内心侧面。

在慵懒的冬天，最适合在榻上看白雪皑皑忆细碎往事，也适合和好友聚在红泥小火炉旁小酌一两杯。冬天，本就是个缓慢行走、思索盘点的季节。可是，《诉衷情》中的女主人公却早早起床为上台做准备。轻卷帘幕，卷起片片寒霜，一股冷气扑面而来让人打了个激灵，神志顿时清晰。伸出纤细而红肿的双手在自己的脸上化上最时兴最受人欢迎的梅妆和最精神秀美的远山眉。化完妆，女子面对着镜中的自己就那么怔住，仿佛也是多少年的冬天，自己也是这样在上台前轻化蛾眉。只是这么多年的欢场生涯过去，自己还是孑然一身，浓妆也掩盖不了平添的丝丝皱纹和松弛肌肤，纤毫毕见的镜子总是残酷地提醒自己这个事实。

这些年，何尝没有一些苦楚的故事？可能是夜夜逢场作戏，虚情假意的心酸，可能是遇人不淑、错付年华的悔恨，可能是遇到心灵契合的人却终究还是劳燕分飞的遗憾，可能是台上风光无限台下悲凉无人识的失落，可能是年华老去却归宿无依、未来无着的不安分感，种种往事都像一颗颗石子，放在心底隐隐地硌着，都能带出一丝丝伤痛。

钟声响起，上台的时间到了，今天又是自己唱主角，演绎青春少女的悲欢离合。于是只好擦去眼角的残泪，收起眉边的苦涩，换上平时的妖娆姿态和妩媚舞步，缓缓上台。只是欢快的歌声还没响起，自己已经不自觉地咧开嘴角，只是笑容还没绽放，自己不自觉地皱起眉头。在一片欢乐中强忍自己的悲痛，而且不知道何时才是尽头，这才是最让人痛心的事情。

舞台上的光鲜和绚丽只是表象，即使琴瑟和鸣，也盖不了心弦上奏出的声声悲鸣……

酒化相思泪
——《苏幕遮·碧云天》

　　碧云天，黄叶地，秋色连波，波上寒烟翠。山映斜阳
天接水，芳草无情，更在斜阳外。

　　黯乡魂，追旅思，夜夜除非，好梦留人睡。明月楼高
休独倚，酒入愁肠，化作相思泪。

　　　　　　　　　　　　　　　　（北宋）范仲淹

　　《西厢记》里，崔莺莺送别张生时，满眼满心感受到的是"碧云
天，黄叶地，西风紧。北雁南飞，晓来谁染霜林醉，总是离人泪"，
天高云淡寂寥无垠，黄叶飞雁萧瑟不已，相爱的夫妻在这种情境下
面临分离，男子前途未卜，女子情意无期，眼中的红叶如血，像是

离人的伤心泪染就而成。其实，这种意境并不是元代王实甫独创，早在宋代范仲淹先生的《苏幕遮》里有所表达。

真正的像范仲淹一样的大丈夫不仅有"先天下之忧而忧，后天下之乐而乐"的宏大理想，也有心有猛虎，猛嗅蔷薇的铁血柔情。十年寒窗功名哭，一朝成名天下知，执政后又一心向宋仁宗上疏议政，本想着与民同乐，但无奈不遇明主，接连被贬，贬至山西主持西夏防御战事。大漠寂寥旷远，战事风雨欲来，这些都落到自己一个人头上。在遥远的边塞，与世隔绝，时间仿佛静止了下来，更会怀念家乡热闹的喧嚣。

悲情眼里观悲景，看到这番景色只会让人感慨"黯然销魂者，唯别而已"，谁不想在家乡有一方小宅，种一树一花，畜一虫一鱼，养一妻一子，乐一书一画，谁又想终日活在车厢马背看行程上景色匆匆，即使那景色绝美艳丽，即使那景色千载难逢。白天在风沙中刀光剑影，戎马天下，无暇去顾及这番细碎感受，但一到夜深人静时，心底总有一种柔软的情绪渐渐发酵，自己家乡的那一片熟悉的地方上妻子今天是否劳累，孩子是不是长大了点进入学堂，冬天将至，老人的被褥和棉衣有没有准备好呢？想着想着，自己仿佛翻山越岭渡海回到那个温暖的家，也只有夜夜以这样的梦境就着，自己才能安然入睡。

夜里一旦清醒了，可以在床铺上辗转反侧逼自己尽快入睡，也可以推起睡熟的军友，一起夜谈嬉闹，但千万不能独倚栏杆，因为深夜独倚，只能感受到楼高风寒，明月高悬，一切都带有幽深孤单的色调。那时候的自己必然会借由烈酒浇筑心中块垒，酒水下肚，和着自己在寒风中的汗水和泪水，都是点点的相思情意。

　　他隐忍的思念和无奈也变为情感密码，锁在他的那首《渔家傲》里，塞下秋来风景异，衡阳雁去无留意。四面边声连角起，千嶂里，长烟落日孤城闭。浊酒一杯家万里，燕然未勒归无计。羌管悠悠霜满地，人不寐，将军白发征夫泪。塞下的秋天总是和别处的不一样，没有风吹麦浪的丰收，也没有红叶尽染的热闹，只有大漠孤烟、长河落日的荒凉和壮阔。但这里绝对不是欢乐无忧的乌托邦，四边隐隐起伏的号角、大门紧闭的孤城仿佛预示着即将到来的激烈厮杀和惨淡结局。匈奴未灭，何以为家？回家在这时成了一种奢侈，不敢言说，只敢埋在心灵的最深处。自己的将士用杯杯烈酒和悠悠羌笛发泄着心中的块垒。在醉人的酒香和笛声中，营帐中的将军，虽是盔甲满身，骁勇潇洒，却早已满头白发，满脸泪痕。

望断天涯路

——《蝶恋花·槛菊愁烟兰泣露》

槛菊愁烟兰泣露，罗幕轻寒，燕子双飞去。明月不谙离恨苦，斜光到晓穿朱户。昨夜西风凋碧树，独上高楼，望断天涯路。欲寄彩笺兼尺素，山长水阔知何处！

（北宋）晏殊

新秋的清晨，菊花笼罩着一层轻烟薄雾，兰花上也沾有露珠，这些景物在晏殊的眼里，就像是个脉脉含愁，默默饮泣的女子形象，女主人公此时也应是哀愁的吧，诚然，离别都是伤感的，感情是用心来交换的，当我的心都不属于自己的时候，那种"心不在焉"便无以言表，爱情里又有谁对谁错呢，搞不清的糊涂账，就让它们一直欠下去吧。

在这个特殊的季节，特殊的时期，突然出现这种景象，罗幕之间荡漾着缕缕轻寒，燕子双双穿过帘幕时，敏感的主人公的心似乎也随着那不耐罗幕的轻寒飞去远处，深深地凄凉，恰如这秋日的萧瑟。到底是什么事情让晏殊彻夜不眠悲痛不已？作业到清晨一直登楼频望，心中的期盼，心中的思念，心中的牵挂，都将化为深深的等候，默默的注目，等待着奇迹，注目着未来。

如今的晏殊不止在生理上感到初秋的轻寒，在心理上更是荡漾着因孤子凄凄而引起的寒意，为什么晏殊会有这样的情感？为什么他会感到孤独忧伤？从今晨回溯昨夜，原来离恨是根源啊，情感渐渐从隐微转为强烈，孤独更是如影随形，此时，我想大诗人晏殊是遇到麻烦了，人生中最大的麻烦无疑是感情，晏殊除了傻傻地等待爱人归来，深深地浅尝着思念的苦楚外，真的找不到其他可以代替的表达，谁叫爱之越深，情之越切呢。

皎洁的月亮不明白离别给人带来的酸痛，诗人晏殊是失恋了，那个深爱的女子离开了他，甚至都没有留下地址，这份苦恼，他连月亮也怪罪起来了，"人间自是有情痴，此恨不关风与月"，的确，在情感上，永远没有谁对谁错，如果没有深陷进去，那么离愁只是一道淡淡的无可奈何而已，但此时真实的悲痛却来得那么自然、那么强烈，甚至连给人深呼吸的勇气都没有，晏殊也犯傻了，彻夜的无眠，让他见证了清晨门外栏杆旁笼罩在一片惨雾愁烟中的菊花，见证了哭泣的兰花叶尖上的泪珠（露珠），见证了横梁帷幕上双双的燕子竟因为才刚刚有点儿初凉却不辞而别。这一系列清晨的秋景居然是这般地令人神伤！也将诗人晏殊最真挚的感情表白得更加晶莹透彻。

门前原先的那棵绿意盎然的树，现在已经凋零了，是怪西风的不解风情，还是怪自己的无能为力，人活着就应该像这棵树吗？待到时机成熟时，就自然凋零，丝毫没有反驳的机会，有时候想努力一把，却换来深深叹息。晏殊与女主人公原先在一起应当是幸福的、快乐的，充满着希望的，然而现在她走了，不告而别，更没有留下任何可找寻的痕迹，晏殊痛苦着，并怀疑着，他们的曾经是美好的吗？为什么现在就像这秋日里的树一样经不起西风的横扫，被摧残得惨不忍睹，人生仿佛一下子失去了目标，失去了斗志，失去了意义。古往今来，很多恋人都会觉得如果爱到深处时，失去了对方，人生应该也了无生趣了，晏殊再有才也是个普通人，有着普通人应有的感情。

这样的感情是悲壮的，诗人想音书寄远，可这种强烈的愿望与现实的残酷紧紧结合，直接导致"满目山河空念远"的悲慨，女主人公一去不返，但他仍不死心，他独自登上高楼，望断天涯路，期盼着心中的她会突然回过头来，盼望着她能回心转意，远处的燕子成双成对，而此时，可诗人却形单影只，孤独寂寞，那种了无生趣的形躯，在高楼上在企盼与被企盼的着急与失落中，彷徨出一种凄苦的落寞，对方是不会再回来了，再多的等候都是枉然，此时，诗人又是多么想把自己的苦楚一下子让她全部了解，可是……

记忆是座方城，我们用过去、现在和未来，去建筑，去粉饰，去让它显示出本身的宏大浩瀚。只因为眷恋与沉迷，渴求终生耳鬓厮磨。"西风多少恨，吹不散眉弯。""年年岁岁花相似，岁岁年年人不同。"正是因为这样，才又在记忆终了无法延续时我们才会有撕心痛苦。

人生似乎总有一些非个人所能掌控的东西，又似乎不是，而是双方的特殊性格铸就了这特殊的悲哀，谁又能说得清楚？晏殊与女主人公最后到底有没有重逢，我无从考证，但我相信，此时此刻，这种遗憾将变成他们心灵深处的永恒！真心愿天下有情人能长相思守。

生命中不仅仅是心甘情愿的无奈选择，更多的是无奈的妥协。"人间自是有情痴，此恨不关风与月。"我们大多愿意在爱中找寻自己永生的归宿。高频频望，所念无见，因而想到音书寄远。心中痛苦的挣扎与撕裂，彻夜无眠。像时光来了又去一样，童真与不谙世事的单纯将不复存在。经历的所有痛苦成就了今天的我们，所有的欢笑与泪水永不逝去，它们成了更为久远的存在。

恍似曾相识

——《浣溪纱·一曲新词酒一杯》

一曲新词酒一杯，去年天气旧亭台，夕阳西下几时回？

无可奈何花落去，似曾相识燕归来。小园香径独徘徊。

（北宋）晏殊

时日渐远，已至深秋。其实在这个城市里，秋天是很短的，于是，在你还没来得及细细观察到初秋的淡然便已到了有些感怀的深秋，也许会唏嘘一番，却也只能摇摇头，含笑而语，秋天美好得想让人抓住，却总在刹那间醒悟来去匆匆的总是那一份美好……

深秋的这个城市，还是很美的，或者更准确地说是很真实。

　　渐至黄昏，故地重游，沿着早已默熟于胸的长路斜行而下。秋日的太阳也像极了这个季节，早早就准备抹下最后一笔绯红，隐然于西。就在这半梦半醒的恍惚之间，终于来到小时候来过无数次的公园。随便找了一处所在，面西而坐，只为了再看一眼这渐行渐远的落日，眼睛眯着静静地盯着西方的天空，竟然不自知地微笑起来，全然忘记了早已渐起的夜风。不多久，眼睛里，身上，皮肤里，空气里都被染上了这笔深深的绯红，也都染上了只有秋天才有的那股夜风的味道。

　　一叶知秋——无可奈何花落去。

　　秋天，必然会伴随着落叶出现在人们的脑海里。亦然，睹物思人。

　　一片已经深红的梧桐叶，飘然而至，恰巧间顺手接住，清晰的脉络还在，却早已不见盛夏时分那份苍翠的干脆，终在这秋尽时分悠然而落。就在这错综复杂的落叶纹理中，可以看到春天的青涩，夏日的风华，可当秋天来的时候，这满天的落叶也都无可奈何地微笑起来。即使会有一丝心有不甘，却倒也来去潇洒，不失痛快。一阵风吹过，当真满天落叶纷纷扬扬，不禁大笑起来，到不是为这落日余晖中的满天绯红，而是为了这份豪气！人们都只道是"无可奈何花落去"，却又有几人想到这满天云霞后的痛快和潇洒，只需一阵风，便已再不见踪影。

　　一叶知秋—— 一曲新词酒一杯。

秋天，落叶满地，秋凉如水，在这样的夜里，酒也必然不可少，三五友人，小酌一番，纵论天下，岂不快哉！亦然，睹物思人。

待到这满天落叶飘到地上，落日也已彻底放下了最后一丝不舍。不多久，皓月便也高悬于天。偶有风过，凉意四溢。自然，当邀得三五好友，再加上这朗朗皓月，对影成众人。此时虽望佳友而不得，却幸好酒不离身。来来来，你我当共饮这琼浆美酿，与这皓月共舞一曲，醉卧江边，吟诗作对，若是有上一柄宝剑，当更要舞得惊天动地，指月狂笑！只舞得满地红叶尽皆飞舞，只能与叶共饮，酒洒叶上。却是少了对饮对诗之人。

一叶知秋——似曾相识燕归来。

秋天，却也不尽萧然，落叶也终将埋入泥地，等待轮回。待到明年春天燕子归来之时，新芽亦爬枝头。亦然，睹物思人。

夜半酒醒人不觉，满池荷叶动秋风。转身回头看那片广阔的湖泊，皓月当空，星伴其右，直洒得这满池碧波在朦胧中恍若隔世。可在夜间终不能秋水共长天一色，更也没有大江大湖的秋风萧瑟，洪波涌起。不禁半醉半醒中暗笑，原来真正的风雨都是我等尚未经历过。所以在旁人看来，此等作为终究会有欲赋新词强说愁之嫌。只是何时燕归来，将这片心中萧瑟也像那满地的红叶一样也埋入深地，却终不得知。

暗香悄浮动

——《山园小梅》

众芳摇落独暄妍，占尽风情向小园。

疏影横斜水清浅，暗香浮动月黄昏。

霜禽欲下先偷眼，粉蝶如知合断魂。

幸有微吟可相狎，不须檀板共金樽。

（北宋）林逋

《金粉世家》这部电视剧红了清新脱俗、宛若不食人间烟火的董洁，也红了那首精致唯美、轻柔飘逸的歌曲《暗香》。"当花瓣离开花朵，暗香残留，香，消在风起雨后，无人来嗅"，香味虽暗，但隐隐流动，触动心弦而又不张扬喧嚣。其实"暗香"这个极美的词来自《山园小梅》里的"疏影横斜水清浅，暗香浮动月黄昏"这个触动内心的句子。那种美、那种幽香的雅致似江南雨巷中撑着油纸伞的姑娘，安静而优雅，似不着人间世俗的仙子，恬淡而脱俗。古往今来，很多文人骚客都歌颂过梅花，然而林逋的这首《山园小梅》应该是描写梅花的上乘之作了，作诗随就随弃从不留存的林逋留下的这首诗一直为后人称道。

"自读西湖处士诗，年年临水看幽姿"。秋冬时节，百花凋零，仅有梅花在风雪中傲然挺立，一枝独秀于风雪的小园中，为冰雪世界增添了无限魅力。稀稀疏疏的影子，漂浮在清冽的水中，给冬日的寒水增添了生机。黄昏时分，月上枝头，淡淡的月光洒向大地，万物披上了光辉的外衣，脉脉幽香在静谧的夜空里调皮地玩耍，静下心来，你会听到它们欢快的笑声传遍四面八方，那么清幽、那么沁人心脾。远处的寒雀也察觉到了这里的欢乐，凑来看热闹，但是它们在犹豫要不要下来，它们先偷偷地看梅花一眼，怕打扰了花仙子的娱乐，怕被它们的美丽惊呆；倘若那翩翩彩蝶看到这动人、雅致的梅花也一定会销魂失魄吧。很幸运我可以默默享受这月光下的淡雅美景，有机会和这鲜艳的梅花亲近，不用有些人敲着檀板唱歌，手拿金杯饮酒来观赏它了。

林逋性格孤傲，一生从来没有做官，得意远离世俗的纷争。他不贪慕荣利，喜欢恬淡安静的生活，早年漫游在江淮之间，后来隐居在杭州西湖，藏身深山，过着清净淡泊的生活。林逋对梅、鹤尤为钟情，几十年在深山种梅、养鹤，流传有"梅妻鹤子"之称。林逋能写出如此优美的赞梅诗，与他几十年与梅为友、与梅为伴的生活是分不开的，情到深处，流于笔下，方能不朽。"诗之赋梅，惟和靖一联而已，世非无诗，不能与之齐驱耳"，后人如此称赞这首传世佳作也不枉林逋对梅花的钟情厚爱了。

林逋以其独特的个性和情怀打动着后人，"众芳摇落独暄妍，占尽风情向小园"，百花凋谢，仅有梅花在娇艳地怒放着、舞蹈着，小园中她占尽美好的风光。林逋以毫不掩饰的热情歌颂了梅花的傲雪耐寒，与其说是对梅花的赞美，不如说是对自己的歌唱。即使是从未见过如此景致的人，读了林逋的诗，也会身临其境，被那美景深深吸引，如同走入满是梅花、仙鹤围绕的幽幽山谷，安静雅致如天上仙境。这或许就是此诗成功流传的原因，诗中画、画中诗抑或如此吧。

"疏影横斜水清浅，暗香浮动月黄昏"这两句诗，是本首诗最精彩的诗句，也一直被读者誉为咏梅的绝唱。梅花的美，不同于牡丹的富丽、桃花的妖艳，而是一种淡雅和娴静的美。疏落的梅枝、摇曳的梅影、游动飘散的幽香、淡淡的月光、缓缓流动的清水，这些构成了夜晚最美的山园小梅图，或许这种景是我们极少见到的，即使见到，如若没有林逋式的心境，也难以如此传神地描绘出来。深山的景致、隐士的心境和深厚的文学功底共同演绎了这绝美的画卷，后人也只能在想象中窥见一丝如画美景了。

隐居山林、仙鹤为伴、梅花围绕，没有世俗纷争，没有尔虞我诈，林逋的隐居生活在今人看来是无限向往的吧。可是今人又有多少能够放弃名利，又有多少人忍受得了孤独、寂寞？如林逋、陶渊明这类勇于彻底远离世俗、回归本我的人实在是太少了。现代快节奏的生活给了人们太多的乐趣，也使人们心理承受太多的压力，很多人埋怨着生存的压力，却又不甘心放弃精彩、放弃热闹。前不久看到有少林寺张贴出告示说免费接纳俗人体验少林生活，报名者多不胜数，人们心里是渴望那份宁静，却又不愿彻底与世俗决裂，在矛盾和纠结中终究还是隐忍着痛苦，这也许就是鱼与熊掌不可兼得吧。很多时候我们总想要与世俗保持适当的距离，真正面对自己的真心、本心，回归自然和本我，可是终究还是没有人做到。诱惑总是太多，内心深处的呼喊冲不破世俗的禁锢。

既然无法做到隐居，那就在钢筋水泥里为自己的心灵找一片安歇的地方吧。可是现代人的足迹涉及太多地方，到处都是机器轰鸣，灯红酒绿，哪里是远离世俗干扰的地方，能让心灵小憩片刻呢？林逋的山园、陶渊明的南山脚下怕再也找寻不到了吧。

身不能至，心向往之，焦躁而无奈的现代人只能在《山园小梅》这种澄澈的诗境中寻找安宁了。

落雨话沧桑

——《虞美人·少年听雨歌楼上》

少年听雨歌楼上，红烛昏罗帐。壮年听雨客舟中。江阔云低、断雁叫西风。而今听雨僧庐下，鬓已星星也。悲欢离合总无情，一任阶前、点滴到天明。

（南宋）蒋捷

不同的人生阶段总有不同的感受。同样是看花，豆蔻年华的李清照会有"兴尽晚回舟，误入藕花深处"的欢快，但经历过婚姻家国之变的中年女子只看到"莫道不消魂，帘卷西风，人比黄花瘦"的萧瑟和衰败。同样是赏月，少年时代的李白会有"小时不识月，唤作白玉盘"的天真无邪，而长大后的李白"举头望明月"却再也没有那一份闲情逸致，只是有了"低头思故乡"的无限惆怅。

人的成长是一段孤独的旅程，读万卷书，行万里路，见不同的人，认识真实的社会。少年不知愁滋味，欲说还休，欲说还休，好个天凉冷似秋，少年时期总是有说不清道不明的愁思，少年有"知否，知否，应是绿肥红瘦"的感伤，又有初生牛犊不怕虎的气魄，一言一行中有"会当凌绝顶，一览众山小"的豪情。少年的浪漫幻想总要经历现实无情的打磨，腐败勾结的裙党会让匡计天下、造福苍生的梦想蒙尘，熙熙攘攘、皆为利往的市民会让大道之行也，天下为公的设想破灭，男子的花心多情会让愿得一心人，白首不相离的誓言暗淡，理想和现实的落差免不了会带来无尽的不甘和苦涩，这就是成长的副产品。打击和挫败经历得多了，人自然会淡定下来，不再不知天高地厚地立志，黑暗和龌龊见得多了，人自然就豁达起来，不再大惊小怪地怨天尤人，到了老年，人的心境也会纯熟，回首过去，荣辱皆忘，"也无风雨也无晴"。

蒋捷的《虞美人·听雨》虽只短短数十字，却精练涵括了人一生的际遇和心境，非有一定人生阅历而不能发此精辟之言。蒋捷出生在一个钟鼎富贵之家。锦衣玉食、声色犬马的他富足奢靡而享受着浅薄的快乐。少年的记忆里很少有雨，更多的策马奔腾原上的酣畅日头，或者是前拥后戴、纵情赋诗的情致雪夜，如果真的要说雨的话，也只能记起"少年听雨歌楼上，红烛昏罗帐"。船外雨打江面，淅淅沥沥，船内红烛昏暗，乐曲靡靡，罗帐轻移。那时的雨夜香艳热闹，总是过得很快。

年岁渐长，也知道了光阴的短促和志向的艰巨，于是背井离乡，期待博一个功名，造福一方百姓，成就一番事业。年少时饱读诗书的自己在科考中一举成名天下知，壮志酬和仿佛是件很顺利的事情。也有了真正的红颜知己，一起睡红炉暖帐，一起品高山流水。可是，月有阴晴圆缺，人有悲欢离合，此事古难全。正当蒋捷摩拳擦掌想有一番作为时，积贫积弱的南宋一夜崩塌，自己转眼成为亡国之徒，只能流离南方。仕途理想的破灭、家国的骤亡自然会有一种身世飘零、前途虚无的幻灭感，漂泊的客舟中听雨，感受到"江阔云低、断雁叫西风"，只会备感孤独和凄凉。

时间会把一切沉淀，耄耋之年的蒋捷的人生已成定局，愤怒和挣扎已然无谓，接受和释然才能带来解脱。与青灯古佛做伴会更宁静，世间外物仿佛与自己的距离越来越远，只成为自己澄澈内心的一个背景而已。也会偶尔雨声入耳，如今听雨僧庐下，鬓已星星也。回首起青葱岁月的雨声，只觉人生如梦，一任阶前、点滴到天明。无悲无喜，只是随着整夜的雨声让自己的思绪放空，仿佛又看到了过去的种种悲欢离合，仿佛又看到了记忆中白衫飘飘、意气风发的稚嫩孩童，眉头紧锁、沉郁稳重的飘零中年男子以及淡定疏朗、坐谈青灯古佛的耄耋老者。

断肠倚危栏

——《摸鱼儿·更能消几番风雨》

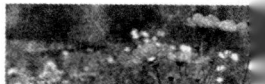

更能消、几番风雨、匆匆春又归去。惜春长怕花开早，何况落红无数。春且住，见说道、天涯芳草无归路。怨春不语。算只有殷勤，画檐蛛网，尽日惹飞絮。

长门事，准拟佳期又误。蛾眉曾有人妒。千金纵买相如赋，脉脉此情谁诉？君莫舞，君不见、玉环飞燕皆尘土！闲愁最苦。休去倚危栏，斜阳正在、烟柳断肠处。

淳熙己亥，自湖北漕移湖南，同官王正之置酒小山亭，为赋。

（南宋）辛弃疾

在我们的印象里，女子比男子的感情更加细腻绵长，生活中一个很小的举动就能像开关一样触发开启她们的缱绻柔情，比如画着精致淡妆的少妇登楼游玩，看到盎然的春色，突然有"忽见陌上杨柳色，悔叫夫婿觅封侯"的失落；比如正值豆蔻年华的女子荡完秋千，游过庭院，喝过小酒，酒醒后却又有"却道海棠依旧。知否，知否，应是绿肥红瘦"的惆怅；比如看到春天发轫的青草和雨水冲刷过的岩石，女孩会有"蒲草韧如丝，磐石无转移"的应和。女子如水，清澈而百转千回。男子心胸浩大，胸中盛的多是经国伟业和匡计天下的宏图大志，因此看到的多是"惊涛拍岸，卷起千堆雪"的壮阔和"葡萄美酒夜光杯，欲饮琵琶马上催"的激烈。可是，谁说男子不会伤春悲秋，谁说男子不会突然间流出细腻的情感？他们一旦感情调动起来，会比女性流淌得更加细腻、更加深沉。

辛弃疾的壮年是在贬谪和闲居中度过的，所以他后期的诗歌多写农家生活、饮酒赋诗、野外郊游，虽然悠闲欢快，但总是能看出惆怅和伤感的影子。本首诗歌也是这样，作者本来在亭中和同事共饮，美酒好友良辰美景，本是一件乐事，但作者偏偏感受到的是春天的伤逝。

每场春雨都会带来一丝暖意，也会收走一些春天中的绚烂和璀璨。它或许带走海棠的肥美，带走花儿的娇艳，带走柳树的轻柔，带走佳人的娇颜。现在已经是暮春时节，柳絮飘飞、落红满地，让人心生怜惜。大地又能经受几场风雨的洗礼呢？春天就这样匆匆地离去了。花瓣的花期极短，开早了就意味着早日陨落尘土。花儿开早了都能让作者怅然若失，何况现在风雨中的满地残红呢？

作者伤春爱春，孩子一般对着春天发出呼喊：春天，暂且停住你离开的脚步吧！远处的天涯芳草只会让你迷失脚步，还不如在这儿长袖飘舞。可是无情的春天丝毫没有理会作者的挽留，没有停下它离开的脚步。失望的主人公怨恨不已，春天啊，为什么那么薄情，为什么不听下我的心声？主人公迈着沉重而失落的步伐行走在春日抛弃的这个世界，试图找到半点春日残留的痕迹，却只在房前屋后找到忙碌结着蛛网的蜘蛛，它也在殷勤地留下春天的脚步吗？

春天是美景消逝红颜老去的时候，这时自然想到历史上已归尘土的美人汉武帝的陈阿娇。纵然她有活泼可爱的性格和金屋藏娇的恩宠，也不过泯然尘土。在许多年的某一个像这样的春日，她必然也有这样的伤怀。自己年华渐老，而皇帝听信谗言久不临幸。躲在深闺，望穿秋水，每次掐着指头算着皇帝来临的日子，却每次都会落空。她请了当代的文学大师司马相如为她写下《长门赋》，追述与皇帝的恩爱和期待。纵使文笔华丽，感情沛然，又能怎么样？不过是一个人守着满纸心酸言罢了，又有谁能听自己诉说呢？

这样的环境里，辛弃疾自然找到和弃妇阿娇的共鸣，同样是遭受谗言，同样是壮年遭弃。他饮下一杯薄酒，竭力压下心中的委屈，他的眼前仿佛看到了夜夜独守空房的阿娇和那些幸灾乐祸额手称庆对着皇上进谗言的女人的笑脸。也仿佛看到了闲居在家不能杀敌的自己和得意忘形的进过谗言的南宋主和派，一时间愤怒涌上心头。

他狂乱地甩着酒杯，仿佛想把那些人打倒。一边发泄着，一边还恨恨地喊着：不要幸灾乐祸地跳舞庆祝了！你要知道，再深厚的宠爱，再真挚的信任都会回归尘土，杨玉环和赵飞燕风头多盛，不也是一杯黄土？这对你的圣恩深厚，加害圣贤，不也是躲不过历史和时间的审判？

借着酒劲借着诗歌发泄了久积心中的愤懑，我们的辛稼轩仿佛平静了下来，眼前的历史画卷才缓缓拉上，又回到自己所在的山水亭台中。同事早已喝醉离去，只剩自己。还是赶紧离开吧，因为天已日暮，夕阳斜斜地照着，笼罩着堆积的块块柳絮，游乡人心中的块块愁绪。闲着最是苦闷，还是给自己找点"种树书"这样的事情去打发时间吧。

还记得他的另一首登高怀远的诗词《水龙吟·登建康赏心亭》：楚天千里清秋，水随天去秋无际。遥岑远目，献愁供恨，玉簪螺髻。落日楼头，断鸿声里，江南游子。把吴钩看了，栏杆拍遍，无人会，登临意。 休说鲈鱼堪脍，尽西风、季鹰归未？求田问舍，怕应羞见，刘郎才气。可惜流年，忧愁风雨，树犹如此！倩何人唤取，红巾翠袖，揾英雄泪！

辛弃疾一生的慨叹全寄托在这首登高望远后写下的诗篇里。古人喜欢登高，一是因为秋季天气微凉，登高可以一人也可以呼朋引伴，不失为一种极好的消遣和社交活动；二是登高能得到"会当凌绝顶，一览众山小"的壮景，远望俯视也为回顾人生、追忆往昔提供了极好的场合。所以，王维的一首登高写出了兄弟无法团圆的遗憾，杜甫的一曲《登高》："万里悲秋常作客，百年多病独登台。艰难苦恨繁霜鬓，潦倒新停浊酒杯。"写出了老病无依的苦痛。在辛弃疾的登高里，同样也有人生际遇难全的悲哀。

在一个秋日的午后，辛弃疾独自登上了赏心亭，看到了满目的天高云淡，无边的水波荡漾，清新舒朗却更有一种寂寥无垠的意味。太阳已经下山，把山水云天都镀上一层金黄，颜色稍微变得温婉。这时，远行大雁的叫声传来，它们是在抱怨天气的清冷还是抱怨旅途的孤寂呢？必然是后者吧，因为自己也是秋日寂寥情绪的一员，自从北宋被金攻破，移居苟安杭州之后，自己成了个羁旅江南的游子和过客，有家不能归。旁边的人都是一副无所谓的姿态，所以只剩下自己常常在这样的天气登高望远，看遍秋景，百无聊赖把栏杆敲遍，却没有人知晓自己内心的惆怅。

作者早已过了"少年不知愁滋味"的年岁，心里的愁思都是深沉细碎的，在这样的景色里他又想了很多。鲈鱼美味，可是不是品味鲈鱼的旺季，捕捉鲈鱼的鹰隼是不是闲置一边呢？不敢到田边巷陌散步，因为怕看到曾经兵马倥偬的自己在那里蹉跎终老。想到这儿，作者一生的际遇涌上心头，直发出"老泪纵横，谁能解忧"的呼唤？整个淡雅疏朗的秋色也因为作者的愁思凝重了起来。

宋词与其他形式的诗文相比，抒情更加深邃和有层次，它的长短句形式便于抒情只是一个原因，但更深处的原因是宋朝人经历了其他朝代罕见的遭遇：北宋积贫积弱，时弊频现，社会中央专制空前加强，对人们的思想控制加强。此外，这个时期，宋朝不再拥有使八国朝拜的赫赫威风和强盛国力。相反，金、高丽、西夏等多个少数民族异军突起，在中国的各个边疆虎视眈眈，觊觎中原的丰美土地。于是，战事频繁，人们颠沛流离。如果北宋上下一心，共同捍卫自己的家园，这样的侵略和战事只会增强民族的凝聚力和国家的生命力。可是，北宋内部出现分崩离析，投降派和主战派意见不一，最后还是决定要以软弱苟活的态度面对强敌。所以，他们一退再退，直到金攻陷开封这个府邸，把一整个朝廷仓皇逼仄到杭州那个地方。北宋就此灭亡，史上称为南宋。南宋的诞生本就是妥协和软弱的产物，而南宋朝廷"今朝有酒今朝醉"、"暖风熏得游人醉，只把杭州做汴州"的游乐态度实在让有志爱国之士心寒，真真是"商女不知亡国恨，隔江犹唱后庭花"。于是黍离之悲、对朝廷的愤怒和失望、自身理想的破灭，一时间，家国大事和自身的颠沛流离情绪交织在一起，唱出了一首首时代悲歌。北宋被金挟持，南宋又灭于元朝之手，少数民族在中国历史的舞台上第一次做了茫茫大地的主角，他们对汉族采取各种歧视不公政策，推行自己的少数民族文化。面对世事的改朝换代，自己家国文化的流离失所，"皮之不存，毛将焉附？"难怪宋朝人的诗词中有那么深的离愁别绪。

时代的悲剧即是人才的悲剧，不思进取的南宋是投机倒把、苟活偷安的人的天堂，在富庶的江南浑浑噩噩、乐不思蜀，是一种轻松的生活态度。但对那些心怀收复中原大志的铁血英雄来说，这并不是适合实现抱负的时代。所以，岳飞虽发出怒发冲冠的壮怀激烈和"待从头，收拾旧山河，朝天阙"的雄心壮志，但终究落了一个"莫须有"罪名冤枉致死的结局。辛弃疾虽有"了却君王天下事，赢得生前身后名"的豪情，但终究是"可怜白发生"，不得不"却将万字平戎策，换得东家种树书"。后来，他不再在梦里慷慨杀敌，索性把自己的抱负藏在酒和诗、田园生活里，"可惜流年，忧愁风雨，树犹如此！倩何人唤取，红巾翠袖，揾英雄泪"，"闲愁最苦，休去倚危栏，斜阳正在、烟柳断肠处"，"白发谁家翁媪"，英雄不为迟暮流泪，而为闲居忧愁。既然无法实现家国天下的抱负，就在一方小天地里慢慢耕耘，治愈自己的痛苦。柳永的忧愁是秀美的私人的，他的忧愁则更阳刚，更具有时代的悲情。

辛弃疾出生之时，靖康之变的耻辱还未冷却，宋朝的小朝廷被逼到江南一隅，他成长的北方中原故土完全处在金朝粗暴残忍充满歧视的统治之下。他在《美芹十论》中回忆道，在金朝担任一官半职的祖父常常带自己"登高望远，指点山河"，幼小的辛弃疾的目光就越过北方残破的土地射向苟安南方的故国，也暗暗种下了收复失地、重塑中原的理想。因此，辛弃疾的骨子里不是一位伴红袖添香话家短里长的平庸文人，而是指点江山、慨然杀敌的铁血硬汉。他的慷慨激昂风范从小时候就表露无遗。所以 1161 年金兵入侵南国时他收敛的羽翼终于打开，主动请缨带着一帮将士奋力厮杀，希望能捍卫祖国的大好江山。次年，他被南宋任命为江阴签判。

于是从 1161 年到 1181 年他就过上了壮怀激烈的戎马生活，这生活是《破阵子》中的"八百里分麾下炙，五十弦翻塞外声，沙场秋点兵。马作的卢飞快，弓如霹雳弦惊"。辽阔无比的战场上战士齐齐呼喊着口号，分着热气腾腾、带着血丝的烤肉，旁边战鼓喧天，像要掀动整个边塞，也在为战士壮胆。将军披盔戴甲，对着排列整齐的将士们激情鼓舞，发号施令。两军交战时，的卢马飞快奔驰，弓箭嗖嗖作响，将士或向前厮杀或后退守卫，整个战场悲壮而激烈。这生活如同《鹧鸪天》中"壮岁旌旗拥万夫，锦襜突骑渡江初。燕兵夜娖银胡口，汉箭朝飞金仆姑"所描述的一样，率领着志同道合的将士在夜黑风高之时冲入敌人阵营取敌人首级，这是多么令人自豪的经历！

富有革命乐观主义的将军总是对前途抱有过高的幻想。本以为来到南宋可以大展宏图，做出惊天动地的大事业。40 岁本该是男人最昂扬最振奋的年岁，哪知南方的朝廷被投降派所把持，又因为宋高宗昏庸懦弱圣听阻塞。他却在饶带湖和铅山瓢泉将近赋闲 20 年，其中有 6 年被起用又被贬，直至郁郁而终。

黄钟本应该发出振聋发聩的声音，但生在乱世，就会遭受黄钟毁弃、瓦釜雷鸣的命运；弓箭和骏马的舞台应该是在战场上，但遇不到伯乐，就只能在家中碌碌无为。辛弃疾就是眼睁睁地看着自己的韶华流去，看着自己满腔的宏愿落空，看着自己在闲居的田园虚度年华。他过着"拄杖东家分社肉。白酒床头初熟。西风梨枣山园。儿童偷把长竿"的生活，看似闲适随意，日子波澜不惊，但一旦夜晚来临自己独处时，便不自觉地邀酒做伴，在灯下拂拭着已经有些生锈的剑，便回到了那段激情昂扬的岁月。自己的理想不过是帮助君王匡计天下，赢得锦绣虚名，可每次夜深酒醒才发现自己仍是英雄迟暮，壮志难酬。每次听到高昂的号子，看到翻飞的旗帜和奋勇的战士，总是摩拳擦掌，激动不已，可每次都发现是黄粱一梦，白日幻想。自己想为君王分忧，赢得半点浮名，可是不过是白发满头，孤独终老。这种落差让人怎能承受？

辛弃疾在《鹧鸪天》写作"壮岁旌旗拥万夫，锦襜突骑渡江初。燕兵夜娖银胡䩮，汉箭朝飞金仆姑。追往事，叹今吾，春风不染白髭须。却将万字平戎策，换得东家种树书"，过去的戎马生涯只会更让自己慨叹现在的潦倒，自己早生华发，呕心沥血写作的《美芹十论》等抗金良策却被弃之敝屐，自己只能把自己的一腔热血和才智投入到诸如种树养花这样的琐事上来，心中的愤懑可想而知。

美人迟暮，英雄白头都是自己的美貌或才华没有得到重用和赏识，是人世间最痛苦的事情。人的痛苦来自于他的欲望，来自欲望在现实面前碰壁撞得头破血流。我们可以采取庄子式"等生死，齐万物"的虚无生活态度，自然不会有这种愤懑和慨叹，但谁能否认辛弃疾爱国壮志是错误的呢？

谈到柳永，脑海中想到的是杨柳岸晓风残月和红楼酒肆温热软语；谈到李清照，我们会想到西风中瘦削的黄花、绿肥红瘦的海棠以及杯盏晃荡的残酒；谈到苏轼，我们会想到东流而去、惊涛拍岸的大江、缥缈遗世独立的孤鸿；但是并没有一个诗人能像辛稼轩这样既有"男儿到死心如铁，看试手，补天裂"和"了却君王天下事，赢得生前身后名"的宏图抱负，又能有"而今识尽愁滋味，欲说还休。欲说还休，却道天凉好个秋"和"休去倚危栏，斜阳正在、烟柳断肠处"的细腻情思。铁骨铮铮，绕指柔情，这便是立体真实而又魅力非凡的稼轩。

流光把人抛

——《一剪梅·舟过吴江》

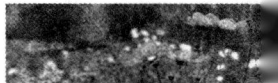

　　一片春愁待酒浇。江上舟摇，楼上帘招。秋娘渡与泰
娘桥，风又飘飘，雨又萧萧。何日归家洗客袍？银字笙
调，心字香烧。流光容易把人抛，红了樱桃，绿了芭蕉。

（南宋）蒋捷

　　春日充满希望、万物萌发，但暮春也是最能触发愁绪的时间，
飘飞柳絮、点点落红、淫雨霏霏、春风绵软，总是让人有时不我待、
红颜易老的感慨。如果这时间过得安逸舒适，如在家里红炉暖帐，
儿孙绕膝，或在朝堂呼风唤雨、叱咤风云，倒会一笑了之。但倘若
终日四海漂泊，回家无期，报国无门，这暮春的零落和自身的漂泊

无依，一起作用，定会在心里掀起一阵涟漪。

于是，漂泊的蒋捷的心中就有了一片春愁，像潮湿的青苔在心的一隅执着地阴着，也像一只只小虫，缓慢而不停歇地啮噬着某一块内心。这种情绪无法排遣，只能采用激烈的方式用烈酒把自己灌醉，暂时浇熄这种愁绪。

那么去找酒吧，买它个几斤，今朝有酒今朝醉。站在船头可以看到自己的小舟像灵活的水蛇在水上轻摇，而河畔的楼上帘帐乱动，热络地打着招呼，仿佛在彰显着美酒和红颜的无尽魅惑。可是沉醉一晚之后又能怎样？醒来还不是孤苦一人，在无边水乡中流浪？沉醉只是虚妄，漂泊才是宿命。罢了罢了，还是继续前行吧。

小船过了秋娘渡与泰娘桥，曾记得当时灯红酒绿、香车宝马，一夜夜缱绻香艳，年少轻狂不知愁，夜夜笙歌尽风流。可是，自己终究现在已经不是那个不知天高地厚、只是买醉享乐的少年，也有自己的壮志去拼搏，有自己的家庭要供养。小船悠悠驶过，犹如自己的青春，也过了那样一种浮华猖狂的年岁。

又想起自己肩头上的重担，可惜自己随水漂泊，一种壮志难酬的无力感蔓延全身。风雨又开始飘摇，更加剧了这种愁思，也阻塞了自己归乡的步伐。不知道自己什么时候能回家，有贤惠的妻子为自己清洗褶皱的衣衫，有聪颖的子女为自己弹奏新学的乐章，有朴实的仆人为自己点上解乏的熏香。人到了一定年岁，旅行和漂泊不再代表着新鲜和自由，而是对回归稳定安逸家庭生活的一种羁绊。

　　虽然思念家乡，虽然归心似箭，但无边羁旅，一天天一年年何时是尽头？自己在这等待和羁旅中老去，犹如血红的樱桃和碧绿的芭蕉，凋谢只在一瞬，而归宿却未抵达。

　　时间是个残酷的东西，它轻而易举地把啼笑的婴儿变成耄耋蹒跚的老者，把丰润的少女变成干瘪的老妇，把青梅竹马、两小无猜的契合变成同床异梦、恶语相向的仇恨，把忠贞不渝的一腔热血变成麻木淡漠的冷酷；时间是个狡猾的小偷，奋力从我们手中溜走，消逝得无影无踪，就像朱自清在《匆匆》中写道："早上我起来的时候，小屋里射进两三方斜斜的太阳。太阳他有脚啊，轻轻悄悄地挪移了；我也茫茫然跟着旋转。于是——洗手的时候，日子从水盆里过去；吃饭的时候，日子从饭碗里过去；默默时，便从凝然的双眼前过去。我觉察他去的匆匆了，伸出手遮挽时，他又从遮挽着的手边过去，天黑时，我躺在床上，他便伶伶俐俐地从我身上跨过，从我脚边飞去了。等我睁开眼和太阳再见，这算又溜走了一日。我掩着面叹息。但是新来的日子的影儿又开始在叹息里闪过了。"蒋捷在"红了樱桃，绿了芭蕉"的唱和中，虽然诗意，但无边落寞不言而喻。

那堪和梦无

——《阮郎归·旧香残粉似当初》

> 旧香残粉似当初，人情恨不如。一春犹有数行书，秋来书更疏。衾凤冷，枕鸳孤，愁肠待酒舒。梦魂纵有也成虚，那堪和梦无？

（北宋）晏几道

就好像脸上所粉饰的妆容，也会慢慢地褪色，脱落得斑斑驳驳，往日浓郁的香气，四处飘逸，也好像成了旧日的幻觉。岁月无措流光浅——深爱的人，早已失却痕迹。原来最痛苦的表情竟是没有情绪。只活在记忆里头，连回忆都是负荷。无所思，无所念，无所知遇。只有到了无处可退的地步，我们才会说服自己的心中的不舍和眷恋。从前的承诺全都化作了泡沫，在深海漂浮，找不到应有的归宿。暖春之际，到处是清扬的柳絮，千里之外还偶尔传来几行书信，到了夏末秋至，连这点念想也都成了奢侈。难道季节交际，人心也要跟着变迁？

在空荡荡的房间，夜深翻来覆去、孤枕难眠。被单和枕头上本被龙凤呈祥的美好寓意填充得满满当当，在如此寂寥的夜色之中，那金龙雏凤也显得形单影只。想念那人的音容笑貌，可即便没有了她的痕迹，痛苦也未曾消除半分。还不是夜夜入梦，一番相见不如想念的虚无，还有是连梦境也难求的深深遗憾。晏几道在几个小地方辗转，做一份清闲的职务，不期盼得到朝廷的重用，只守住自己的纯粹高洁。他不愿为了金缕衣、藏娇屋或是其他诱惑人心的什么东西而阿谀奉承，他只想在那样的年代长相守、长相思。不屑于结交权贵，很有些安贫乐道的志趣。甚至于苏轼这样的才子，也不能被他接受，他认为，诗赋是世上最洁净的东西，容不得杂糅进任何成分。所以他的词，文风清丽，又夹杂着些许的惆怅，好似大男孩般透明的心事。当我们坠落尘世，总是不能避免地使心灵受到些许的伤痛与对整个世界的更加现实的理解。坚持内心是如此的艰难曲折，路是诗人自己选的，就算跪着也要走完。

这样的纯粹高洁，是旁人无法可想的执拗。"那堪和梦无"就是这样的真性情，逆流而行，拒绝高官厚禄，妻妾成群的大好仕途，选择了内心的归隐和静谧。他的心早已飞向了苍山流水的自然之境，心中是和谐的琴瑟和鸣，众生皆禅声。天地之境的超凡脱俗和洒脱果敢，早已超越了那个时代的局限，走向另一般辉煌。

因此他的文字才会轻易直击我们心中最柔软的角落。相思的点滴情绪，从天黑到天明，从繁星点点到月朗星疏，那种几乎刺骨的寂寞，是再也无法去除了。只得留在血液里，渗入细胞，成了我们的一部分，也成就了词人的伤春悲秋的愿景。

读完这首词，我倒很有些不相干的慨叹。我们一味沉溺在自己的情绪中无法自拔，或是失而复得的欣喜，或是全盘皆输的悲哀，或是夜深人静时内心的苦闷茫然，更多时候是心中眷恋某人的倩影，久久痴心，从前面对人事人情的聪明伶俐，全化作虚无，成了为了爱舍自身于不顾的追随者。我们或许能看得清人心，却看不清自己的真情深浅，抑或是有几分。

每天的一次次呼吸，心脏和脉搏的一次次跳动，肢体的每一种姿态，大脑的每一下运作，内心的每一种挣扎，都是为了寻求生命最初的愿景和最终的归宿。我们都应该忠于自己，而不应只做了欲望和物质的奴隶，待到过尽千帆，被世人记住的恰恰是我们所坚守的承诺和理想，真的不必太过追求浮华与名利，时光荏苒后，它们成了几缕青烟。

如果你真的想去做某事，而又重重险阻，那就去挑战吧，成功自然是一大快事，前所未有的欢愉，反之也不必惋惜，因为那全是属于自己的珍贵体验和阅历。被单上的金龙此时也是落寞的面貌，枕套上的雏凤好似独守空闺，"景语皆情语"，是怎样的顿悟，何种姿态的坚守，才有了词人心中繁华着的金兰。

在一场青春里，伤痛是无法避免的，它是我们走向成熟的必由之径。我们由此看开生命中的匆匆无奈，珍惜那些恒久的信任与陪伴，坚守内心的最初向往，淡定而从容地驾驶生活之舟，驶过波涛海浪。"在最深的绝望里看最美的风景"，不经历相思之苦的磨砺，怎能看到生活的不遂人愿。所幸苦尽甘来，一切伤痛都会渐渐消逝。过去将成为亲切的怀恋，未来是美好的希冀，而现在，是光明未来最好的筹码。

我们要用最美的姿态，去面对最深沉的痛苦。我们要用最平静的心绪，去迎接人生当中的重大转折。笑看花开花落，云卷云舒。永远相信自己，不哭泣只怀念，用真切的行动拥抱今天。

"愿生命中有足够多的云翳去营造一个最美的黄昏。"我深信一切都有它自己存在的缘由，都会给我们的生命添上世事变迁的重量。永远不再看轻自己的承诺，因为那可能就是自己心灵的外在呈现，食言之人、失信之人在人心中永远是摇摇欲坠的稻草，握不住，留不下，随风轻摇。

青春的真相究竟是那残酷冰冷的现实还是理想瑰丽的梦境？我们在仔仔细细地找寻。不是相思，却患相思。素白的沉默年代，黑夜逆风细雨，梦想热情交织。词人用心绪细细织成时光的网络，联结了过去、现在和未来。梦境是理想的投影，是现实的背对面，是理想的乌托邦，是漂浮不定的流云。星辰璀璨，月朗日明，清风明月。爱恨忐忑，生死离别，悲欢离合。

我们都是梦旅人。

红杏闹春风

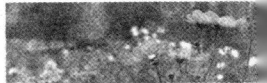

——《木兰花·东城渐觉风光好》

东城渐觉风光好，縠绉波纹迎客棹。绿杨烟外晓寒
轻，红杏枝头春意闹。浮生长恨欢娱少，肯爱千金轻一
笑？为君持酒劝斜阳，且向花间留晚照。

（北宋）宋祁

中华民族是个勤劳刻苦的民族，所以古代的诗词中有很多抒发
豪情壮志的句子。"会当凌绝顶，一览众山小"是登高望远、"莫
等闲，白了少年头，空悲切"是立志杀敌、"长风破浪会有时，直
挂云帆济沧海"是远济沧海。立志和追梦是一件崇高的事情，也是
一个曲折历经艰辛的过程，不然怎么会有被贬的苏轼"长恨此身非

我有，何时忘却营营"的喟叹，也不会有陶渊明"久在樊笼里，复得返自然"的隐居，也不会有"此生谁料，心在天山，身老沧州"的无奈。既然决定前行，必然要忍受途中的艰辛和险阻。

我敬仰那些追求梦想、不依不饶的人，但我更欣赏古诗词中能够欣赏到现实生活欢愉的那些人。因为最深层的智慧存在于生活本身，最智慧的人绝不是终日发牢骚找碴儿的批判者，而是浸淫在吃喝玩乐而又有所思考的生活者。所以，我喜欢"有花堪折直须折，莫待无花空折枝"，也喜欢"晚来天欲雪，能饮一杯无"的情调，也喜欢这首诗中"为君持酒劝斜阳，且向花间留晚照"。

宋祁知道真正的成功者不仅要有成功的事业，还要有快乐的生活，于是他知道城里每个地方的玩乐妙处，他愿意在案牍生活外专门驾着小船驶往城东，因为那儿的潋滟波光总是像带着艳艳的笑靥，摆出一副欢迎的姿态。那儿的绿杨缥缈，像极了笼罩的云烟，那儿的轻云层叠，静静释放着寒意，那儿的红杏在枝头开得如火如荼，争前恐后，仿佛春意欢闹。

人生存活在世，不如意事如十之八九，金钱易得而快乐难得，为什么人们会锱铢必较而放弃手头可得的快乐呢？所以，我们的生活派哲人宋祁建议我们不如把酒对斜阳，留滞鲜花间。晋代的陶渊明也领悟到了快乐的真谛，所以他放弃一官半职、放弃青云大道坐上自己的扁舟归去来兮；古希腊的第欧根尼知道快乐存在于自身的满足而不是对权势的谄媚中，所以当亚历山大一脸同情地问自己能否给予帮助时，他只说了"请你让开，你挡住了我的阳光"。对他来说，享受阳光的温暖和光明远比和煊赫权势的人说上一句话带给自己的快乐更多。刘禹锡政治生涯多舛，但面临秋日还是有着诗一般的感触。在《秋词》中他写道，"自古逢秋悲寂寥，我言秋日胜春朝。晴空一鹤排云上，便引诗情到碧霄"，在别人的眼里秋天是寂寥凄清的，但是在他的眼里天高云淡、直上云霄的秋景却是高洁澄澈、充满诗情画意的。

生活中不是缺少美，而是缺少发现美的眼睛。在宋祁的眼睛里，每年都会来的春天，其实也有很多能够触动你心弦的惊艳之景。宋代程颢在《春日偶成》也有类似的意境："云淡风轻过午天，傍花随柳过前川。时人不识余心乐，将谓偷闲学少年。"闲适舒卷的云朵、轻缓温柔的春风、随风飘扬的柳絮、灿然绽放的花朵，春天就是有这样的魅力，没有夏日的狂风骤雨和冬天的刺骨凛冽，轻轻地缭拨你内心最柔软的地方。如果能以一种闲适慵懒的态度细细感受，心灵也得到了无言的净化。可惜庸庸碌碌的人群并没有这种心情，"熙熙攘攘，皆为利往"，在他们的眼中，步伐轻柔、笑容微澜的作者简直是神经错乱了。

古诗词中温顺缱绻，快乐透明简单，愿我们的生活少一点纠结复杂，多一点简单的快乐。

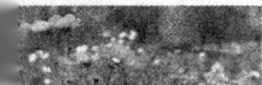

愁满川烟草

——《青玉案·凌波不过横塘路》

凌波不过横塘路，但目送、芳尘去。锦瑟年华谁与度？月桥花院，琐窗朱户，只有春知处。飞云冉冉蘅皋暮，彩笔新题断肠句。试问闲情都几许？一川烟草，满城风絮，梅子黄时雨。

（北宋）贺铸

相传三国才高八斗的曹植途经洛水时洛神神女入梦，她"肩若削成，腰如约素"，有着"翩若惊鸿，婉若游龙"的身姿和"凌波微步，罗袜生尘"的步伐。"凌波微步"，细软轻柔的脚步越过波浪，了无痕迹，成了步履蹁跹的女子的象征。这首词写了词人送一位女子离别之后的故事，这位女子便有着《洛神赋》中的"凌波"。

离别多时，送佳人远去的场景还历历在目。倩影驾舟轻移，不再经过横塘，只能目送她如尘埃如飘絮轻柔飘走。自离别后，两人山高水远，再无尺素锦书。佳人在生活中的痕迹像晨雾蒸发得无影无踪，可是某些特殊的时刻，自己总是会像感染瘟疫一般患上相思，回忆起两个人相识时的机缘巧合、相处时的心心相印和情深意浓、分离时的难以割舍以及分离后的两地相思。回顾一路走来的旅程，心绪更难把持，悔意开始涌上心头，为什么轻易地让爱人离去？不知道花样年华的她有谁陪在身边，过着如何的生活？也许她遇到了新的情郎，在花前月下畅谈人生共沐爱河，也许她独守空房，在一针一线一诗一画中寄托自己的思恋。可是失去的感情不能重回，破碎的镜子难以再圆。自己早已无缘了解她的内心，也许只有来去无影踪的春天知晓她的去处和行踪。

她那边去留无踪，他这边相思成灾，双手倒背，踱步江边。飘飞的云彩冉冉舒展，芳草洲边斜阳落幕，安宁的景色在眼中看来全是飘零落寞意象。于是只能拿起纸笔记下心中断肠的愁绪。

要想把愁绪落诸笔端并非易事，因为那忧愁那遗憾是无形的，如离离之草，无边无际，如风中飘絮，漫天遍地，如淫雨霏霏，无休无歇。这一连串的比喻不像李煜的"问君能有几多愁？恰似一江春水向东流"那样澎湃激昂，却精致细腻，连黄庭坚也拍手称赞，"解道江南断肠句，只今惟有贺方回"。

　　古代的诗歌中多有男性以佳人比喻政治理想的传统，所以屈原用"曰黄昏以为期兮，羌中道而改路"，以弃妇的口吻质问楚怀王的不予赏识，朱庆余会写出"妆罢低声问夫婿，画眉深浅入时无"试探考试官张籍对自己的看法，辛弃疾会用"众里寻他千百度，蓦然回首，那人却在，灯火阑珊处"表达自己实现政治理想的期望。"世胄蹑高位，英俊沉下僚"，平民出身的贺铸难以跨越阶层的局限，空有满腹才华，只能报国无门，一生抑郁不得志，抱负不得施展。所以贺铸词中的"一川烟草，满城风絮，梅子黄时雨"又怎么不是抒发自己报国无门的一种惆怅？

一一风荷举

——《苏幕遮·燎沈香》

　　燎沈香，消溽暑。鸟雀呼晴，侵晓窥檐语。叶上初阳干宿雨、水面清圆，一一风荷举。

　　故乡遥，何日去。家住吴门，久作长安旅。五月渔郎相忆否。小楫轻舟，梦入芙蓉浦。

（北宋）周邦彦

　　夏日不比春日的温柔和煦，秋日的天高气爽，冬日的清冷凛冽，总是伴随着骄阳和浮汗，让人口干舌燥，身心疲软。夏日不是"一年之计在于春"奋发的春日，也不是"断肠人在天涯"思归的秋日，也不是"看千里冰封，万里雪飘"的肃静的冬日，总是带着一点点慵懒和颓废。

　　清晨起来，空气里弥漫着的熏香味道和紫檀木发出的古朴味道仿佛降了暑热，添了一点清凉。环顾四周，清新淡雅的装饰和暗淡色的沉香屑给人一种沉静的感觉，仿佛酷夏只是一件遥远的事情。深呼一口气，伸展一下刚苏醒的身体，慢慢踱到窗边，才发现一夜恍惚，夏雨已经放晴。呼朋引伴的鸟儿唧唧喳喳，在屋檐下飞来飞去，仿佛在偷听屋里人的交谈。一切都是清新自然，生机勃勃的。朝窗外望去，肥硕绿油油的荷叶上折射着大片阳光，早把积下的雨滴蒸发。叶子的根茎很长，像豆蔻少女的脖颈，骄傲地高高地挺立在河面上，一阵风吹来左右摇摆，像张扬的女子舞动起来，也把晶莹水面上的绿影搅动碎了。

　　夏天难以有这么一个闲适清爽的时刻，可是周邦彦的心却不安宁了，隐隐地动起来。眼光从窗下的绿水荡漾开去，仿佛荡到了遥远的家乡，自己祖籍吴门，却长期旅居长安，不知道什么时候能再荣归故里。家里的渔郎不知道有没有思念自己，不知何时才能相见，只知道在梦里自己小楫轻摆小舟轻摇驶向芙蓉深处。

　　他工于描摹，写出的场景和使用的语言犹如精雕细琢的一块玉璞，让人忍不住细细把玩，爱不释手。这是因为他的眼睛是诗意的，因为他总能在躁动的世界发现清丽素雅的风景，但是他心境波动，暗自思乡，总是无法彻底融入这满眼清新里。就像在这首《苏幕遮》里旅居长安，难以归乡，满眼的绿荷和绿水却难让自己的心真正清净下来。也就像在《满庭芳·夏日溧水无想山作》里那样，在满世界的清幽里却永远有一份浅浅的伤感。

"风老莺雏，雨肥梅子，午阴嘉树清圆。地卑山近，衣润费炉烟。人静乌鸢自乐，小桥外、新绿溅溅。凭栏久，黄芦苦竹，拟泛九江船。年年，如社燕，飘流瀚海，来寄修椽。且莫思身外，长近尊前。憔悴江南倦客，不堪听、急管繁弦。歌筵畔，先安簟枕，容我醉时眠。"风中飞鸟，雨中红梅，庭院树木亭亭玉立。山丘幽静，纸鸢翩飞，一派自然之景。明明是小桥流水，明明是清风红梅，明明是凭栏独立，明明是九江独泛，却总是从心底泛起憔悴行客和劳燕独飞的悲伤情愫，宁愿在酒醉入梦，麻痹自己。

宋词没有《诗经》和《古诗十九首》表达感情奔放热烈，也没有明清词通俗直白。相反，它们像一杯杯酽酽的茶，虽乍一尝没有太浓的味道，慢慢入场总让人回味无穷。宋词中多游子羁旅、美人迟暮、伤春悲秋、壮志难酬、家国灭亡这种浓重的悲恸感，清新欢快的诗词因此更为难得。可是由于词长短错落，又是用唱的形式，所以即使是如这首这般清新淡雅的诗词也隐隐地能品出惆怅的味道，犹如我们的青春，本身就是一首值得咂摸的诗。

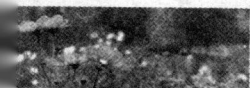

女为悦己者

——《减字木兰花·卖花担上》

卖花担上，买得一枝春欲放。泪染轻匀，犹带彤霞晓露痕。

怕郎猜道，奴面不如花面好。云鬓斜簪，徒要教郎比并看。

（宋）李清照

清晨，李清照从依偎的臂弯里起来，温柔地望着沉睡的赵明诚。这时，李清照心里定是充满了满足和幸福感：和我心心相印，和我志趣相投的男子从此将和我共度一生，年少时心里那个"愿得一心人，白首不相离"的愿望就这样成了现实。和心爱的人在一起，每一天都像踩在云朵上，有那种幸福的眩晕。

"卖花喽"，李清照的思绪被街头小贩的叫卖鲜花声打断，一时

兴起，浪漫多情的李清照梳洗完毕迅速走到楼下，只见熹微的晨光
里卖花人挑了一担的姹紫嫣红。看看这枝娇艳的牡丹，望望那枝怒
放的雏菊，李清照想把每朵花都带回家。最终，她挑了一枝含苞待
放、清纯羞涩的花，自己也是像这朵鲜花，一切美好刚刚开始。仔
细端详，绯红的花瓣上摇曳着晶莹的露珠，仿佛像梨花带雨的少女
脸庞。望向镜子，新婚的李清照妩媚多姿，人美花也美，真是人面
桃花相映红。

　　想到这儿，李清照突然像想起了什么，脸颊泛起一丝狡黠的笑：
不知在他心里，是觉得花好看还是我好看？她小心翼翼地把鲜花斜
插在发髻上，悄悄爬上床头，摇着睡眼惺忪的情郎，一定要让他分
个高下。

　　有趣的是，同样的一个场景发生在唐朝《菩萨蛮》一诗中，
"牡丹含露真珠颗，美人折向庭前过。含笑问檀郎，花强妾貌强？檀
郎故相恼，须道花枝好。一面发娇嗔，碎挼花打人。"笑靥如花的女
子非要和花争个高下，芳心已许的男子非要说花儿更美引来嗔怒，
美人更用挼花打人表达自己的不满，调情之景趣味无穷。

　　少女的娇俏可爱，新婚的甜蜜就这样在这首词中表现得酣畅淋
漓。青春本就意味着爱情和美丽，锦衣华服，浓妆淡抹，不都是希
望在自己喜欢的人心里留下最美好的形象？就像朱庆余诗中洞房夜
"逼问"自己的夫君："洞房昨夜停红烛，待晓堂前拜舅姑。妆罢低
声问夫婿，画眉深浅入时无？"

　　赵明诚仰慕李清照的优雅才情，李清照欣赏赵明诚的谦谦君子，两者既惺惺相惜，又有赏文识画把玩文物的共同爱好。据说两人婚后省吃俭用，一起去古玩市场挑拣文物，再共同赏鉴，常常到废寝忘食的地步。这样的婚姻，才是两个灵魂的高度契合和水乳交融。《丑奴儿》"晚来一阵风兼雨，洗尽炎光。理罢笙簧，却对菱花淡淡妆。绛绡缕薄冰肌莹，雪腻酥香。笑语檀郎，今夜纱厨枕簟凉。"梳洗完毕，画上浅浅淡妆，轻薄睡衣遮不住淡淡体香和窈窕身体。面对着满怀柔情看着自己的情郎，李清照不仅沾沾自喜，轻语调笑。爱情，让女人变得更自信、更美丽，也让这位女才子的人生变得完整。在某些程度上，我们要感谢赵明诚，他是李清照幸福生活的根源，也是她的缪斯，因为他的珍惜和怜爱我们才得以欣赏到李清照绚烂多姿、情感饱满的诗篇。

两情久长时

——《永遇乐·落日熔金》

落日熔金，暮云合璧，人在何处？染柳烟浓，吹梅笛怨，春意知几许？

元宵佳节，融和天气，次第岂无风雨。来相召，香车宝马，谢他酒朋诗侣。

中州盛日，闺门多暇，记得偏重三五，铺翠冠儿，捻金雪柳，簇带争济楚。

如今憔悴，风鬟霜鬓，怕见夜间出去。不如向、帘儿底下，听人笑语。

（宋）李清照

还记得李清照年少时的"常记溪亭日暮，沉醉不知归路，兴尽晚回舟，误入藕花深处。争渡，争渡，惊起一滩鸥鹭"？李清照从小就是个爱嬉闹、爱饮酒、爱出游、爱生活的女孩子，在童年的某一天，暮色渐晚，喝得微醺的她和女伴们巧笑嫣然，在绿水上划起阵阵涟漪，却找不到了回去的路径。她们不疾不徐，索性安心享受周围的无边绿意和荷叶清香，不知不觉就把小舟驶向了荷花池深处。这个傍晚仿佛染上了荷花的清香，也带上了女孩们的嬉闹声。夜色渐晚，女孩们也开始着急忙于回家的事宜，可是小舟左右摇摆，扑啦啦惊起一群群栖息的沙鸥。

也还记得李清照在《点绛唇》中写到的"蹴罢秋千，起来慵整纤纤手。露浓花瘦，薄汗轻衣透。见有人来，袜划金钗溜，和羞走。倚门回首，却把青梅嗅"，也可能是一个轻松而欢愉的暮色。少女情怀总是梦幻而绮丽的，喜欢那种在秋千上飞舞俯瞰大地的感觉，喜欢那种在高空中盘旋忘记所有琐事的感觉，一切都是无忧无虑的。疯玩了一阵后，感到有点昏眩，起来慵懒地整理下自己。这时才发现露水渐浓，怒放的花瓣也萎靡了下来，薄薄的衣衫已经被汗水湿透。正想着为狼狈的自己找一个去处，突然发现有人的身影往这边移来。我们的女主人公的脸颊瞬间羞得绯红，于是顾不上那么多，光着脚披散着头发溜了出去。可是，总是想看看来者是不是自己朝思暮想的那个人，于是悄悄移到门边，拈起一束青梅为自己打起掩护，装作使劲嗅着。

　　无论是幼年还是少年，李清照的生活总是无忧无虑的，也是充满笑声的，印证了"少年不识愁滋味"这句诗词。那时候她笔下的黄昏是宁谧美好的，但是到了暮年，黄昏对于李清照来说却是个难熬的时刻，因为白日的朝气和活力已然被萧瑟和暗淡所替代，而这时候自己的家国已经被敌人虏获，自己朝夕相处的爱人也已经魂归西天，只剩下自己踽踽独行在这悲惨的人世间。看惯了经历多了世间的喜怒哀乐，快乐便成了一件不太简单的事情。比如在这一个初春的晚上便引起了李清照的无尽愁思。

　　斜阳柔和地投下金黄的余晖，就像融化的一块块金箔，傍晚的云层犹如一堵昏暗而厚重的墙。这和自己在从小到大、嫁为人妇的开封景色迥然不同，瞬间让人有种错觉：这是哪里？自己为什么会在这儿？自己熟悉而温馨的家乡呢？掐指算算，寒冬快要过去，春日也就要来了，所以路边的柳树抽枝，在暮色里氤氲成一团浓烟，犹如人解不开的愁绪，耳边传来象征着思乡的梅花落的笛曲，更加提醒自己身在异乡。这样的情景，自己又能感受到多少春意呢？为什么自己的春天不是那种"红杏枝头春意闹"的欢快场景，而是如此的哀婉低沉呢？时间已快到元宵佳节，天气已经转暖，但是毕竟还是有乍暖还寒的萧索和冷峻，这之间怎么可能没有疾风骤雨、雨打风吹呢？

　　其实一切景语皆是情语，这样的景色放在幼年定是给自己带来新奇的感受，不适合踏春，但很适合煮酒会友，畅谈人生。是有一帮好友怕自己寂寞，驾着高头大马次第来到门前，因为他们惦念着那些把酒话人生、吟诗作对的浪漫生活，也惦念着那个欢声笑语、巧笑嫣然的李清照。但我们的李清照在这样的天气里不化蛾眉，不穿盛装，只是低低地绕了个发髻，随意地披了件衣衫，全没有打扮会友交谈的乐趣和欲望，于是说声抱歉，关起自己的房门，谢绝一切的邀约，只剩自己一人。

这样的元宵根本没有记忆中元宵的感觉。还记得那些个在开封府时度过的元宵佳节。自己还是天真无邪的少女，整日除了吟诗作画、饮酒郊游没有其他的烦心事。每个元宵都是一个盛会，因为终于可以不用在闺中好奇地打听外面的世界，而是可以正大光明地带着三五小婢，换上华冠贵服，簇拥着来到元宵的灯会和集市。而现在的自己呢？首先，年华老去，美人易衰，自己早生华发，皱纹满面，早不是当年俏丽模样。而且哀莫大于心死，心死的自己懒得化蛾眉，懒得换盛装，女为悦己者容，赵明诚已经和北宋一起殒去，自己一个亡国的寡妇，又何必再多些热闹呢？原来的李清照最喜热闹，可是现在却最怕出门，因为只要出门就会遇到同情怜悯的眼光和安慰的话语，虽然出发点是好的，但它们又是无情地一遍遍地提醒自己的境遇，让自己的心不停地揪着。还不如诗在自己的家里，拉上帐子，自己躲在一个舒适的角落，听着外面与自己无关的热闹声，然后自己舔舐自己的伤口。

中晚年的李清照性情大变，这与她丧夫的经历与北宋已经被攻破的屈辱有关。南渡之后，赵明诚在逃命途中身亡，她也就有了国破家亡的双重悲痛。时间就是那么残忍，瞬间拿走了那些青春的欢快，而代替以"如今憔悴，风鬟霜鬓，怕见夜间出去。不如向、帘儿底下，听人笑语"的百无聊赖和无尽愁苦。

她虽然也关心时政，但毕竟是一届妇人，所以诗词中更多地反映的是对愁苦的不懈描写，比如"寻寻觅觅，冷冷清清，凄凄惨惨戚戚。乍暖还寒时候，最难将息。三杯两盏淡酒，怎敌他晚来风急？雁过也，正伤心，正是旧时相识。满地黄花堆积，憔悴损，如今有谁堪摘？守着窗儿，独自怎生得黑？梧桐更兼细雨，到黄昏，点点滴滴。这次第，怎一个愁字了得？"寒意、日暮、淡酒、飞燕、落花，这些本就是容易让人联想到死亡和衰败的愁绪，更何况自己孤苦一人，客居他乡呢？难怪在李清照后期的诗词中多次出现"愁"了，"只恐双溪舴艋舟，载不动许多愁！"事已至此，人死不能复生，家国不能收回，除了忍受还能怎么样呢？只好把无尽的苦楚咽回自己的内心。

乐声寄哀情

——《鹧鸪天·巷陌风光纵赏时》

巷陌风光纵赏时，笼纱未出马先嘶。白头居士无呵殿，只有乘肩小女随。

花满市，月侵衣，少年情事老来悲。沙河塘上春寒浅，看了游人缓缓归。

正月十一日观灯

（南宋）姜夔

在娱乐产业不那么发达的古代，人们的夜生活也没那么丰富多彩，一年一度的元宵节赏灯成了交友游玩的极佳场景。月光如水，灯火通明，香车宝马，人流如织，元宵节赏灯成了一件旖旎而繁华的活动，当地人更是为了它的到来而精心准备，周密在《武林旧事》中这样记载，"自去岁赏菊灯之后，迤俪试灯，谓之预赏。一人新正，灯火日盛"，描述的是元宵节来临前的试灯活动。这首词的副标题是"正月十一日观灯"，写的也是这个盛事，但是乐景哀情，作者在诗中流露的情绪远没有节日来临的期待和热闹，反而多了几份沉静和寂寥。

　　暮色刚至，旁边的商贾为这一年一度难得的商机井然有序地忙碌着，挂彩灯，摆展台，用力吆喝招徕顾客。闲适的游人走在街道上，左顾右盼，感受着这份新奇和喧嚣。然而，热闹终究是属于那些能够消费热闹的人的。不信你看，王孙贵族赏灯，前呼后拥，声势浩大。他们以笼纱覆车，骏马长嘶开道，未见其人先闻其声。他们一掷千金，纵情玩乐。而白发儒生没有随从，也没有骏马，只能肩驮着自己的女儿观灯，遇到喜爱的小玩物无奈囊中羞涩，再三斟酌。

　　夜幕渐渐降临，花灯会也布置得有模有样起来，鲜花满目都是，月光包裹周身。年迈的姜夔踽踽独行，眼前交织的花灯仿佛让自己回到了少年呼朋引伴、唧唧喳喳的赏灯岁月，想到了自己颠沛流离，无缘红颜的青春遗憾，顿时理解了欧阳修"今年元夜时，月与灯依旧。不见去年人，泪湿春衫袖"的物是人非之悲恸。

　　临近元宵，虽还有些寒意，但相比肃杀的冬天，已经温和了很多。夜色渐浓，稀稀拉拉的游人渐渐散去，刚刚震耳欲聋、鳞次栉比的喧嚣瞬间被人走街空、夜色寂静所替代，仿佛只是一种错觉。即使再留恋这样的欢愉，也只能拖着意犹未尽的步子缓缓离去。

在中国古代的诗歌文化里，缓缓前行仿佛就是内心孤独、百无聊赖情绪的一种外化。现代人常有"陌上开花缓缓归"的化用，看似诗情无限，其出处却有一丝悲情的意味。"陌上开花蝴蝶飞，江山犹是昔人非。遗民几度垂垂老，游女长歌缓缓归"。陌上的花儿和去年一样开得炫目艳丽，引来蝴蝶翩飞。江山似乎还是去年的形状，可大地已经改朝换代，过去生活在这儿的人民已经成了如丧家犬一样的失家之人。这些遗老遗少像幽灵一般四处游荡，然后又唱着悲怆的曲子缓缓离去，回到自己某个暂时的避身之所。

姜夔在一片热闹中感受到无尽悲凉，除了年华老去，其实还有一个隐蔽的原因，在这首诗词写作五天后又作的《鹧鸪天·元夕有所梦》里可以一窥究竟：肥水东流无尽期，当初不合种相思。梦中未比丹青见，暗里忽惊山鸟啼。春未绿，鬓先丝，人间别久不成悲。谁教岁岁红莲夜，两处沉吟各自知。

横亘自己和她之间的肥水奔腾东流，无休无止，仿佛在锲而不舍地提醒着自己与她之间的遥远距离。山水迢迢，难以相见，可惜自己心里对她难以割舍，只能暗自神伤。如此想来，还不如当时控制住自己的情感，不把自己的内心交付。终日魂牵梦萦，果然可得一见，可惜竟然是梦中的自己把心上人的丹青画像当作了窈窕佳人。怅然醒来，耳边传来山鸟悲啼，和自己一样落寞孤寂。分别后的时间飞逝，又一个春天到来，还没有绿回大地，自己已经多情令我，早生华发。金风玉露一相逢，便胜却人间无数。自己久经别离，怎么能不伤悲？谁让年年的夜晚，相思的两个人却在两个地方各自沉默，静静地咀嚼着故去的欢爱，然后用片刻的虚幻温暖熬过无尽的孤独黑夜。

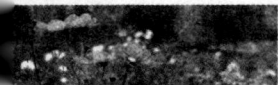

悲国破山河

——《扬州慢·淮北名都》

　　淳熙丙申至日，予过维扬。夜雪初霁，荠麦弥望。入其城，则四顾萧然，寒水自碧，暮色渐起，戍角悲吟。予怀怆然，感慨今昔，因自度此曲。千岩老人以有"黍离"之悲也。

　　淮北名都，竹西佳处，解鞍少驻初程。过春风十里，尽荠麦青青。自胡马窥江去后，废池乔木，犹厌言兵。渐黄昏，清角吹寒，都在空城。杜郎俊赏，算而今，重到须惊，纵豆蔻词工，青楼梦好，难赋深情。二十四桥仍在，波心荡，冷月无声。念桥边红药，年年知为谁生？

（南宋）姜夔

扬州在中国古代文化中是一座殊荣累累的城市，历史上的"烟花三月下扬州"、"天下三分明月夜，两分无赖在扬州"、"人生只合扬州死，禅智山光好墓田"、"人生只合扬州老"的华美词句都让这座城市流光溢彩。鲁迅曾说过，悲剧是把美好的东西毁灭给人看。南宋末期积贫积弱，扬州也被金兵烧杀劫掠，一座美好的城市转眼间变成废墟，犹如一位风华绝代的女子在生活的折磨下变得丑陋肮脏，难怪姜夔在看到经历过战争之劫难的扬州后会那么痛心和遗憾，把全部的不甘倾注到了这首《扬州慢》里。

在这首小序里姜夔交代了自己来到扬州的机缘。暗夜、寒雪、扬州的吴侬软语、温顺美女，如果这些元素堆在一起，这一趟扬州之行应该是轻松惬意、清新爽朗的，可是来到扬州后却全然不是记忆中的那个场景。

前一夜下的雪早已放晴，空气就更显得清冷，进城的路上看到的不是如织的人流，不是熙攘的商贾，不是来往巡逻的侍卫，而只是没有生命的青青荠麦，仿佛睁着青色的瞳孔怔怔地望着你，想在你面前控诉过去几个月扬州的悲惨境遇。进城之后环顾，依然是四面萧然，扬州仿佛一夜间成了一座空城，不复当年繁华。昔盛今衰从来都是一件令人伤感的事情，比如"宫女如花满春殿，只今惟有鹧鸪飞"，比如"旧时王谢堂前燕，飞入寻常百姓家"，更何况是发生在扬州这样一座可爱的城市。作者的满腹愁绪立即被调动起来，必须要通过诗词的铺排表现出来。

扬州曾经是淮东名城，竹西亭美好的去处，扬州的春天也和其他的江南小城一样有着"江南好，风景旧曾谙"的美誉，经过这儿的人都会勒马在此停留游览，享受江南春景。可是，这个春日，慕名而来的诗人来到扬州，只发现春风拂面，带来的不是勃勃生机，而是拂过遍地的荒草和荠麦，带来酸腐荒凉气息。黄昏渐晚，一声声凌厉的号角传来，为这座空城更添了几分寒意。放眼望去，城里尽是残垣断壁、废弃的城池和烧焦的树木，仿佛也和这城里惴惴不安、提心吊胆的居民一样提战色变，心灵憔悴。

提到扬州，不得不提到杜牧，他的风流和才情与扬州的温软秀丽已经交相辉映。且不必说"十年一觉扬州梦，赢得青楼薄幸名"，也不必说"二十四桥明月夜，玉人何处教吹箫"，单说他的"谁知竹西路，歌吹是扬州"，足以体现了他对扬州繁华的留恋和惦念。可是就算他现在死而复生再到扬州，看到这幅萧条破败的场景也会感到吃惊。就算那些青楼歌女再有情调，也难以再吟唱出有诗情画意的诗句。想到这儿，姜夔的脚步越来越沉重，走到了杜牧诗中曾经多次提到过的二十四桥，波光潋滟，月光如水，仍然是一副宏辱不惊的样子，桥边的芍药花也如当年一年红似一年，只是在一座空城的扬州，有谁再会去欣赏它的绚丽呢，只能暗自咀嚼花开无人赏的寂寞。

南宋末期和其他朝代的末尾一样弥漫着腐烂的死亡气息，姜夔的一首《扬州慢》像给这个时代作了一首悼词，"二十四桥犹在，波心荡，冷月无声。念桥边红药，年年知为谁生？"物是人非，人们流离失所，家国改朝换代，但一岁一枯荣的植物站在永恒的位置冷冷地看着人世间的悲欢离合。

《黍离》中写道，"彼黍离离，彼稷之苗。行迈靡靡，中心摇摇"，那片熟悉的土地上稻子青葱，高粱抽节，但却再不是我们的领土，也不再是我们的丰收，想到这儿，就难以迈开沉重的脚步，每走一步都肝肠寸断。它主要表达的是家乡土地被糟蹋后的那种心痛感。因为拥有相似情感，这首词被千岩老人称作"有黍离之悲"。

突然想起爱国诗人戴望舒在日寇侵略后写的一首诗《我用残损的手掌》，无独有偶，和《扬州慢》表达着同样的心情：江南的水田，你当年新生的禾草是那么细，那么软，现在只有蓬蒿；岭南的荔枝花寂寞地憔悴，尽那边，我蘸着南海没有渔船的苦水。皮之不存，毛将焉附？当曾经那么美丽、惊艳视线的祖国被践踏成这等惨状，那份屈辱和心痛可想而知。

辑五

无尽的缠绵——明清

行至明清，容量巨大、表现力丰富的小说兴起，诗词渐渐衰落。但在这儿，你可以看到权倾朝野的纳兰容若的另一副痴情相守、柔情百转的样子，也能看到穷困潦倒的曹雪芹用诗词在皇皇巨著《红楼梦》里搭建了一座美轮美奂的宫殿，每一首精美的词都藏着每一个人物的命运密码。他们足够让这个时代的诗歌熠熠生辉，也能看到黄仲则坐卧花下和着呜呜咽咽的箫声寄托自己对亡妻哀思的身影。他们的身影足以让这个时代的诗词熠熠生辉。

阴阳两隔

——《蝶恋花·辛苦最怜天上月》

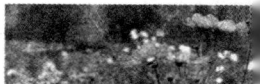

辛苦最怜天上月，一昔如环，昔昔都成玦。若似月轮终皎洁，不辞冰雪为卿热。

无奈尘缘容易绝，燕子依然，软踏帘钩说。唱罢秋坟愁未歇，春丛认取双栖蝶。

（清）纳兰容若

读完苏轼的悼亡诗《江城子》总是能让人感觉一阵心痛，为苏轼与妻子的真挚爱情感动，更多的是为他们的生死分离心痛。即使阴阳两隔十年之久，可是那种相思没有因为时间的流逝而渐渐淡化，却日渐深厚、日久弥新。"十年生死两茫茫，不思量，自难忘"。即使分离，即使再也不可能相见，可是思念还是永不停息，相思成疾，化作梦中相逢，"夜来幽梦忽还乡，小轩窗，正梳妆。相顾无言，唯有泪千行"，突然的相见却不知还能诉说些什么来表达这十年的思念和无奈。还未和妻子温存一番，才发现不过是梦，"料得年年断肠处，明月夜，短松冈"，自己只能到"千里孤坟"处，一个人就着酒诉说自己的衷肠。这种爱是内心深处最真挚的感情，读来让人感叹又心痛。现实总是残酷的，生死更是无常，即使万分不舍，终究抵不过命运。

痴情的人不止苏轼一个，悲情的故事还在继续发展。纳兰性德也是苏轼一样的痴情人，却也遭受着生死的分离，结婚后几年便失去挚爱的纳兰，其内心的痛苦和无奈不比苏轼少多少吧，一首《蝶恋花》向世人诉说着妻子去世后孤独而凄婉的凄清。

仰望夜空感叹，明月一年到头东西流转辛苦不息。可惜的是好景无多，一昔才圆，昔昔都缺。那一轮明月仿佛化为他日夜思念的爱人。用她那皎洁的光辉陪伴着他，于是决心不畏辛苦，不辞冰雪去到自己爱人的身畔，以自己的身躯热血温暖她。无奈一个天上，一个人间，永不相见。室在人亡，一片凄清。如今一双燕子出现在帘钩上，燕子呢喃，似絮语，它们在说些什么？是说当年这室中曾有过的旖旎柔情的事情吗？他痴想，对着秋坟悲歌当哭。唱罢了挽歌，到不如和死去的爱人一起化作一双蝴蝶。来年春日，那烂漫花丛中形影相随，双栖双飞的彩蝶。这样两人才能永远地解脱悲哀，永远相依在一起。来年春日，在那烂漫花丛中，我和你化作双栖双飞的彩蝶，请旁人明春来认取吧。

人们常说爱情很辛苦，让人生死相许。这样的感情体验，到了纳兰性德笔下，获得了这样充满诗意的表述："辛苦最怜天上月！"不是吗？你看那天上的月亮，"一昔如环，昔昔成玦"，等得好辛苦，盼得好辛苦！人间夫妇，往往如此。词人夫妇，更是如此。

"问君何事轻离别？一年能几团圆月？"（《菩萨蛮》）纳兰性德身为宫中一等侍卫，常要入值宫禁或随驾外出，所以尽管他与妻子卢氏结婚不久，伉俪情笃，但由于他的地位独特，身不由己，因此两人总是离别时多，团圆时少，夫妇二人都饱尝相思的煎熬。

而今，仅仅是婚后三年，卢氏年仅 21 岁芳龄，竟然离纳兰性德而去了，这更是留下了一个无法弥补的终生痛苦与遗憾！特别是因为，卢氏不仅与纳兰性德是一般意义上的夫妻，在胸襟、志趣方面，他们更是意气相投。纳兰性德的同年、平湖词人叶舒崇有文云："抗情尘表，则视若浮云；抚操闺中，则志寸流水。于其殁也，悼亡之吟不少，知己之恨尤多。"由此足见纳兰性德与其亡妻的琴瑟音通的情谊。在难以消释的痛苦中，纳兰性德心中的爱妻逐渐化作一轮天上皎洁的明月。词人在《沁园春》序言中写道："丁巳重阳前三日，梦亡妇淡妆素服，执手哽咽，语多不能复记，但临别有云：'衔恨愿为天上月，年年犹得向郎圆。'"

这是一个凄切的梦，也是一个美丽的梦。纳兰性德希望这个梦真的能够实现，希望妻子真的能像一轮明月，用温柔的、皎洁的月光时刻陪伴着自己。他还想：如果高处不胜寒，我一定不辞冰雪霜霰，用自己的身、自己的心，去温暖爱妻的身、爱妻的心。作者以月喻人，表明自己要珍爱天上的明月，传达出对月的喜爱之情，其实作者是将对亡妻的爱寄托在月亮之上。可惜"月有阴晴圆缺，人有悲欢离合，此事古难全"，纵使无限喜爱，却难以改变它的阴晴圆缺。所以，"若似月轮终皎洁，不辞冰雪为卿热。"如果天上的月亮长久像这样明亮洁白，我会"不辞冰雪为卿热"。此处还有一个动人的爱情故事：荀奉倩和妻子感情深厚，冬天的一天妻子发高烧，为了减轻妻子高烧之痛，荀奉倩在深冬时节跑到屋外挨冻，然后用自己冻得冰冷的身体给妻子退烧。妻子因病去世后，荀奉倩伤心过度，难以忍受失妻之痛，不久也追随妻子而去。这个典故表现了荀奉倩与妻子不离不弃的真挚爱情，纳兰性德引用这个典故说明自己对妻子的心意，表明他用情之深以及对妻子的无限思念。

尽管有美丽的梦，但那终归是梦。然而希望总是美好的，而现实却总是残酷的。即使"不辞冰雪为卿热"，也无法挽回分离的现实。所以，词人在下阕中感情更加升华，"无奈尘缘容易绝，燕子依然，软踏帘钩说。"尘世因缘毕竟已经断绝，令人徒唤奈何。惟有堂前燕，依然软踏帘钩，呢喃絮语，仿佛在追忆这画堂深处昔日洋溢的那一段甜蜜与温馨。无可奈何，自己与妻子已是阴阳两隔，留下自己。物是人非，连燕子都双宿双飞，而自己却是孤苦伶仃的一人，此时真有"无可奈何花落去，似曾相识燕归来"的伤感，更有"物是人非事事休"的怅惘。

词人最后写道："唱罢秋坟愁未歇，春丛认取双栖蝶。"徘徊在你的坟前，回想着往昔的一切，即使唱完了挽歌，对你的相思却毫无减退，我渴望与你长相厮守，甚至想与你的亡魂双双化为蝴蝶，在美好的花丛中翩翩双飞。最后两句进一步强调自己对爱人的缠绵悱恻的相思之情，更加强调了词人的悲痛与伤感。

人生若只如初见，何事秋风悲画扇。生命的轮回，毕竟不会为谁停留。于是，词人的贪、念、怨、恋，只能如空谷回响，虽不甘于绝灭，最后也只有随风而逝去，罢了。

有人曾说，纳兰性德词中有一个理想境界，那就是希望青春和爱情得到永生。也许只有在经历了生死离别的人才能真正体会到那种刻骨铭心的痛，才会懂得珍惜长相厮守的美好。

相爱空嗟叹
——《枉凝眉·一个是阆苑仙葩》

　　一个是阆苑仙葩，一个是美玉无瑕。若说没奇缘，今生偏又遇着他；若说有奇缘，如何心事终虚化？一个枉自嗟呀，一个空劳牵挂。一个是水中月，一个是镜中花。想眼中能有多少泪珠儿，怎经得秋流到冬尽，春流到夏！

（清）曹雪芹

　　"想眼中能有多少泪珠儿，怎经得秋流到冬尽，春流到夏！"林黛玉终究还是没有躲过命运的安排，为偿还恩情流尽眼泪。绛珠草和神瑛侍者的缘分是前世注定的，绛珠草为报答神瑛侍者对自己的恩情，徘徊怅惘于世间，煎熬地等待着报答的机会。终于有一天，神瑛侍者也起了凡心并有机会去世间走一遭，绛珠草义无反顾地跟随他来到世间报恩。"他是甘露之惠，我并无此水可还。他既下世为人，我也去下世为人，但把我一生的眼泪还他，也偿还得过他了"。

缘起前世，缘散今生，因为前世的缘分，今生遇到他。一个貌美无比，好似仙花，一个神采俊逸，宛若美玉。因为前世的注定演绎着一段凄美的爱情故事。宝黛的爱情故事历来被人传颂，很大的原因就是因为他们的传奇式的悲剧故事吧。中国人历来喜欢以喜剧结尾，不愿看到悲苦凄惨的结尾，就连牛郎织女都可以一年相遇一次，梁祝化蝶后依然双宿双飞，然而曹雪芹并没有落入梁祝的窠臼，而是悲剧结尾，与其说是他故意为之，不如说是忠于现实，现实中有多少喜剧，又有多少悲剧，我想大概不用多说吧。

曹雪芹本人可以说也是一部悲剧。他出身于一个"百年望族"的大官僚地主家庭，后因家庭的衰败而饱尝了人生的辛酸。在人生的最后阶段，他以坚韧不拔的毅力，历经十年创作了《红楼梦》。生于荣华富贵，遭遇家庭巨变，历尽沧桑，尝遍酸甜苦辣，又才华横溢、功底深厚，如此遭遇、如此文采才造就了一部旷世佳作。曹雪芹曾写"我也曾金堂玉马，我也曾瓦灶绳床，你笑我名门落拓，一腔惆怅，怎知我看透了天上人间世态炎凉！褴裳藏傲骨，愤世写群芳，字字皆血泪，十年不寻常！身前身后漫评量，今世看，真真切切，虚虚幻幻，悲悲啼啼的千古文章。"悲剧的人生造就了悲剧的大作，我更觉得曹雪芹的一切都似宝黛的爱情是命中注定的，任何人都无法改变的。

有人说《红楼梦》是曹雪芹的自传，贾宝玉就是曹雪芹本人，其实小说就是小说，贾宝玉或许有曹雪芹的影子，但是直接等同于本人还是不科学的。《红楼梦》是曹雪芹留给后人的一篇旷世杰作，它内容丰富，思想深刻，艺术精湛，把中国古典小说创作推向最高峰，成为一门专门的红学。古往今来有无数人在孜孜不倦地研究着，有人曾说一部《红楼梦》不知道养活了多少人，这么说不免有些世俗但是确是真实的。

宝黛的爱情最终以悲剧结尾，让看惯了喜剧的中国人不免伤感。宝黛的爱情不是一见钟情的，而是在长期共同生活相处中的日久生情，这样的爱情更加稳固，并且他们的个性气质相投，有共同的理想，所以才能够如此稳固，可是他们终究逃不过命运。暂且不谈命运，单单是他们的身份地位也造成了他们的分离。贾宝玉与林黛玉是门不当户不对的，林黛玉虽然是贾母的亲外孙，可是毕竟家境中落，孤身一人，并且病病恹恹，这无论如何是不能和薛宝钗相比的，只有薛家的财势才能让贾府更加稳固，这样的强强联手是封建社会最好的姻缘。

门当户对，一直是中国最圆满的婚姻，贾宝玉与薛宝钗才是门当户对的，而且林黛玉没有薛宝钗的圆滑、伶俐，她注定不能在那个社会获得理想的爱情，其实就算是现代社会，薛宝钗也是受人欢迎的。林黛玉虽然很让人怜悯但是不免有些矫情，整天哭哭啼啼、病病恹恹的。

　　现代爱情中，很多人说门当户对已经过时了，但是我觉得它还是有存在的理由。如果两个人的身份相差太大，即使他们感情稳固，热恋时不在乎门户，可是相处是一辈子的事。生活环境的不同造就了生活方式、人生观、价值观等太多的不同，必然会在长久的共同生活中产生矛盾和分歧，现实中这样的例子太多太多了。

迢迢迢征途

—— 《长相思·山一程》

山一程，水一程，身向榆关那畔行，夜深千帐灯。

风一更，雪地更，聒碎乡心梦不成，故园无此声。

（清）纳兰性德

人们只记得纳兰容若"人生若只如初见，何事秋风悲画扇"的细腻和痴情，艳羡他的位高权重，声望满朝，记得他矫健洒脱的身影，却独独忘记了雪夜出征的悲酸心碎。他虽在"伴君如伴虎"的整日危险氛围中侍从着帝王，可心中却向往着如诗如画、男耕女织的平淡而滋味无穷的田园生活。他的文字不用华丽的辞藻堆砌，词词句句都显露出至真至纯的自然本心。他浪漫而多情，怜惜命运多舛的女子，唯独他毫不在意朝堂上的尔虞我诈、钩心斗角。雪夜赴战场，更是一派豪迈壮阔的英雄情怀。不知此行，下次回到故园，又是何朝何夕。

词人深一脚、浅一脚，匆匆赶路，跋山涉水，心中装着恒久的远方，疲倦的身躯就无意识地机械前行，路途也就显得不那么苦闷。但心底还是惦念着万里之遥的故土。漆黑的夜空，恍惚中，他仿佛看到千万盏明亮的灯火在军营中闪烁。每一顶帐篷里都是一位远行的战士，他们带着祖国的期望跋山涉水来到遥远的边关，为了杀敌那个目标，把最珍贵的生命也置之度外。每一顶帐篷里也是一位故乡惦念的人儿。就像《石壕吏》中老妪的苦苦哀求，但仍改写不了"三男邺城戍。一男附书至，二男新战死"的结局。那闪烁的光影，不正是将士因漂泊和对家乡故土妻儿老母的思念而摇摇欲坠的心思吗？良人未归，又怎安心？他们往往是一个家庭的顶梁柱，家人心中的整个世界，都也随之摇摇欲坠。词人心痛如绞，但也无奈。乱世之间，谁能逃脱了保家卫国的心语？

"醉卧沙场君莫笑，古来征战几人回？"这种洒脱的情怀，更多的是将生死置之度外的背水一战的决心和领悟。寒风刺骨，排排脚印像是在宣告他的坚韧与坚守。即使不能再回到最爱的故园，壮志已酬，此生亦无悔。万点灯火，好像心上的点点星光。边塞的寂寥，也丝毫无法冷却他的豪情壮志。这个时代注定成就了他的辉煌，至真至纯，至情至性，遨游天地间。

在我们的心里，总会有一个人。他不能给我们永恒的陪伴，却在我们的心中，以另一种深远的形式，留下了深刻的烙印——因为他在无声的黑暗中独自一人深深哽咽，在心里说了无数次的深深遗忘终是无效告终。因为他，我们绽放如花笑颜，脸颊上是如明媚阳光般的温暖表情。或许他最终成为了漫漫人生路上极渺小的一个片段。但谁都不会清楚他对自己来说，独一无二。因为这段情感的维系和支撑，我们尝试经历内心中最为畏惧的每种生活。我们不再软弱可欺，不再只用一双蒙眬的泪眼对着茫然失措的生活，内心的强大和丰盈，是深深的思念留给自己最好的礼物。

对心心念念的故园，更像一种缘定三生的纪念。旧人离去，新人不归，过尽千帆，它静静地等待我们的归宿。在那里词人再不用日日夜夜漂流，心尽可以毫不犹豫地摆上，舒展出肆意的悲伤和欢乐。故园承载我们的悲欢离合，让我们不必担心变迁别离，不必随时警惕着明里暗里的争夺伤害。因此"故园"成了心头无法割舍的最爱，我们苦苦追寻的精神家园。

离开自己的庇护所，总是一派喧嚣和繁华。浮夸，深深刺痛心里每一根神经。一切都没有那么简单，相见容易相爱太难，维系恒久不变的对生活的热爱，填充每一日每一时每一分每一秒的思绪。

长相思，长相守。乡心碎乱，乡梦难圆。难道他怀念的仅仅是一方故土？还是说故园成就了我，也就已经组成了他。席慕容说："美丽的梦和美丽的诗一样，都是可遇而不可求的，常常在最没能料到的时刻里出现。"是啊，我们想要安稳的幸福，再无一个人孤独的路途。我们总在抱怨事与愿违，却总是拒绝回头看看自己。我们每日都想要重复从前的自己，想要一样的顺利一样的欢乐。昨天的希望，因此成了今天的遗憾，成了明日的悔恨。我们总在嘲笑别人几乎无用的努力，却没有低头看看双手空空的自己又能多些什么特别的筹码。

跋涉千里，漫漫路途，当我们真正抵达时，却好像怅怅地若有所失，匆匆掠过一切云淡风轻，世界被简化成轻薄的剪影。无论我们怎样周密回旋，在感情中，所有的结局依然注定，所有的欢笑定格，所有的泪水启程，所有的心思缠绕。世界从不让人解释自己所作所为的合理，错误就只能是错误，再无改写的机遇。我们所能做的，也不过让自己更加小心谨慎，如履薄冰，不再轻易托付真心。而是含笑轻轻地进行得到、拥有与失去的循环。

人生也总是进行着离开与归来的往复循环，旅途中饱经风霜，也添了许多体验和阅历。很多时候遗憾总是带着别样的美丽，相逢如是，离别亦如是，没有离别遗憾又怎能变圆满。我们为遗憾而深切痛苦，演绎至真至纯的情感。一些人如同两列相对而驶的飞啸而过的列车，无法找回，只是差之分毫，就会相驰千里，或许是一辈子的留白，无声默片。难道不正是因为遗憾，词人才造就千古绝唱的凄婉吗？

伤柳絮漂泊

——《唐多令·柳絮》

粉堕百花洲，香残燕子楼，一团团，逐队成球，漂泊亦如人命薄。空缱绻，说风流，草木也知愁，韶华竟白头。叹今生，谁舍谁收？嫁与东风春不管，凭尔去，忍淹留。

（清）曹雪芹

在中国的古代诗词里，柳树是"碧玉妆成一树高，万条垂下绿丝绦，不知细叶谁裁出，二月春风似剪刀"般精致的存在。但在更多的时候，柳树枝条飘舞，柳絮翩飞，更容易触动起人们内心中绵软而苦涩的小情绪，所以有了"忽见陌上杨柳色，悔叫夫婿觅封侯"，有了"昔我往兮，杨柳依依。今我来思，雨雪霏霏"，有了"今宵酒醒何处,杨柳岸晓风残月"。古代交通不便,人们的活动范围有限,生离和死别一样会见遥遥无期,所以人们认为"黯然销魂者,唯别而已矣",所以人们会在送友人离别之际折下一根柳条插在他的肩头,以寄托对他的祝福。久而久之,柳树成了送别和离愁别绪的代名词。所以,李白"此夜曲中闻折柳,何人不起故园情",一曲折柳词就可以瞬间勾起人们思乡的无尽思绪,王维"渭城朝雨浥轻尘,客舍青青柳色新。劝君更尽一杯酒,西出阳关无故人",翠绿柳色也让离别情绪更浓,"杨柳青青著地垂,杨花漫漫搅天飞。柳条折尽花飞尽,借问行人归不归",被折尽的柳条见惯了离别,漫天飘飞的柳絮也仿佛在问行人的归期。

皇巨著《红楼梦》里也有这样关于柳树的描写。因为作者曹雪芹在这本书里将自己对生活的万分慨叹,编成密码藏在了俯拾皆是的诗歌里,藏在了每一位诗意昂然、才华横溢的主人公的话语里,比如这首林黛玉所写的《唐多令·柳絮》。

百花洲是春天人们祭祀百花仙子的地方,一年一度的百花节人们会来到这儿献上各色鲜花植株,吟诗赋词。燕子楼是唐代张建封为爱妾关盼盼所建的藏娇金屋,两人浓情缱绻,相爱风流,张死后关盼盼终日以泪洗面,追思故人,最后自尽在这所曾经的爱的小屋。两个地方,一个是花残,一个是人亡,都带着香消玉殒的味道。

而把暮春时期柳絮的飘零写作"粉堕百花洲,香残燕子楼",花粉在百花洲堕落,芳香在燕子楼凋零,更和这两个地方久已浸淫的哀伤、消逝的伤感意味所契合，让人触目惊心。

　　林黛玉是一位蕙质兰心、敏感细腻的女子，无论是《葬花吟》还是本首词中，她都善用比喻、拟人，在对自然事物浅浅的哀伤和悼念中寄托对自己飘零身世的感叹。在这儿，亦是如此。"一团团，逐队成球，漂泊亦如人命薄"，大片的柳絮成团在风中飞舞，风吹到哪儿就落户陨落在哪里，本是极为常见的暮春景色，却让林黛玉起了怜惜之思，苍茫无垠的天幕下，绵延无边的和风里，抱团飘落的柳絮显得是那么孤苦无依，也是那么渺小，宛如薄命的红颜，或如卑微的路人。

　　然而柳絮也是有感情的，它知道自己一旦被风从树上吹落就会过上飘零无依的命运，所以对柳树充满了相思、不舍和依赖，那里毕竟是唯一一个可以收留自己比较有家的感觉的地方。可是满腹相思和柔情终究是空嗟叹，因为柳树一岁一枯荣，柳絮千千万万，柳絮飘飞又符合新陈代谢的规律，柳树怎么会留恋又怎么会珍惜？

　　柳絮的生命周期不长，不过经历一个春天，走过抽节、成长、飘落的旅程。年华易逝，年岁轻轻的柳叶却抽出白色棉絮，宛如迟暮的美人一夜长出满头华发，不复当年万缕青丝。是啊，青春岁月总是短暂，倏忽而逝。但是总是自己一个人感慨自己"花谢花开飞满天"的命运，又有谁理解怜惜自己呢？柳树自然不会，东风也不会。东风不会怜香惜玉，只会无情地让自己飘落，让自己自生自灭。这儿的柳絮多么像一位红颜将老的佳人，孑然一身，又有谁知谁怜美人心？

咏的是柳絮，伤的是自己，这是咏物诗的基本套路。所以这首
词也是林黛玉的自伤之词。她家道殷实，地位显赫，她天生丽质，
"心比比干多一窍"，她第一眼见到宝玉便与他有悸动，她温顺多情，
她身上种种的特质决定似乎她不该有这样的敏感、消极的情绪，但
从小丧母，让年幼的她无法感受到母爱的呵护和温馨，豆蔻年华时
家道中落疼爱自己的父亲逝世，真正成为父母双亡的孤女；她从小
体弱多病，终日与丸药为伴，对天气、饮食等环境的变化敏感，也
注定她不可能像宝钗那么热衷社交，像湘云那么天真烂漫，多愁多
病身让她过早过深地体味到生命的残忍，青春韶华的易逝。她初进
大观园时，步步小心，处处留意，仔细观察揣摩遇到的每个人的说
话气质和在园中的身份地位，仔细应对每个人的交谈问话，以求八
面玲珑，无懈可击，仔细维护在大院子里的人脉和地位。她的小心
翼翼让人心酸，本身气质纤细柔弱，又寄人篱下在一个复杂的大观
园中，便变得更幽闭更敏感了。大观园里的女孩争奇斗艳，面对打
赏和偏爱，林黛玉会自动反应自己是不是被剩下被排挤的那个；面
对其他姐妹张扬的性格，显赫的家世，她无可奈何只是躲在自己的
潇湘苑里，守住自己的一方世界；面对自己年轻而多病的躯体，她
无计可施，却万分怜惜和自己一样的残花败柳；面对宝玉的关爱，
她压抑住自己的好感和期待，只是被动地接受，而心底慢慢把他当
作自己唯一可依赖的人；面对宝玉的迟钝和宝钗的地位攀升，她不

得不面对心中唯一依赖的倒掉以及希望的破灭。

所以香消玉殒，无人怜惜，红颜老去，何尝不是对自己命运的吟叹？正如她在春天中不喜饮酒，不喜唱戏，偏偏怜惜那树下的落红，亲自拖着花铲香囊把它们一一在水里安葬，因为她知道那种自生自灭的苦痛，看到它们仿佛想到自己，她也想有个赏花人能看到自己这朵孱弱但清新秀丽的鲜花。

"花谢花飞花满天，红消香断有谁怜？""天尽头，何处有香丘。未若锦囊收艳骨，一抔净土掩风流。质本洁来还洁去，强于污淖陷渠沟。尔今死去侬收葬，未卜侬身何日丧。侬今葬花人笑痴，他年葬侬知是谁。试看春残花渐落，便是红颜老死时。一朝春尽红颜老，花落人亡两不知"。在这首著名的《葬花吟》中，林黛玉这种自怜自伤的情绪表露得更加明显：自己冰清玉洁，但可能会像这些娇艳的花儿一样在阴沟里孤独终老，奔赴黄泉。花开时无人赏识，花败时又有谁葬花？

一双人两处销魂

——《画堂春·一生一代一双人》

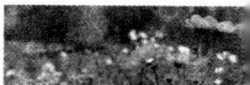

一生一代一双人，争教两处销魂。相思相望不相亲，
天为谁春！浆向蓝桥易乞，药成碧海难奔。若容相访饮牛
津，相对忘贫。

（清）纳兰性德

本来是天造地设的一对，但世事偏偏让他们分离两处各自伤神
销魂。纳兰容若对妻子卢氏苦苦相思相望却不能相亲，对于恋人来
说彼此相思相望而不能相亲，这是何等的残酷，不得不发出凄凉的
感叹试问苍天"天为谁春"。这种对情对爱人执着绵绵不断的思念、
渴望与自己心爱的人执手相望的心愿、对爱人的早亡牵肠挂肚而不

能释然。此恨绵绵无绝期，只能在华年追随而去时，才能实现渴望的相思相望相亲。纳兰对妻子一如既往一生无怨无悔，这个情怀不得不让我陷入一种深深的低婉。这让人想起"如烟时光，陌上花低婉。桃花偏染，轻赏画，念佳人，斜倚东墙。一转身，一恍惚，一刹那，不堪看，风过处尽显流年。西泠桥下波轻晃，一程烟雨相遇，轻弹相遇轻弹琵琶于天涯，一生入夜吟诗行画。纵初见也延及芳华，恋你千年，执手千年"。风情会随着时间而渐渐淡去，再强悍的英雄终归会老去。但这种气势、这种"若容相访饮牛津，相对忘贫"的似水柔情却将永远不朽。

"一生一代一双人，争教两处销魂。相思相望不相亲，天为谁春！"词一开始作者就纯用白描手法用最简练的笔墨，不加烘托，描绘出鲜明生动的形象。"一生一代一双人"化用骆宾王"相恋相念倍相亲，一生一代一双人"。一生则为共同一生，一代则为一辈子。一双则指两个。这里作者用"一双人"，我们不难从这个双字中细细品味出纳兰对卢氏的感情之深。两则成双，缺一则独孤也！这里用一双人就不难推敲出他们的恋人关系，既然是恋人关系，那自然是亲密无比。接下来的"争教两处销魂"就完全证实了他们的恋人关系。我们假设他们不是亲密无比的恋人关系，那么就不可能出现争教两处销魂的话语。既然是恋人那又为什么不在一起却要两处销魂呢？原来是"相思相望不相亲，天为谁春"。当我们读到这里的时候心也会随意境渐渐地沉了下来。一对情深深意切切的恋人分隔两地，相思相望却不能相亲。两个人时时刻刻地惦念却劳燕分飞不能相守，这对恋人来说莫过于最大的折磨，正像李清照"一种相思，两处闲愁，此情无计可消除，才下眉头，却上心头"。柔情百转，作者不得不带着惆怅、悲愤的心问苍天：既然你带走我的挚爱，让我百无聊赖痛不欲生，又何必让每年的春天继续绚烂不已，乐景更衬悲情。其实这里也不难发现纳兰有一层埋怨老天爷的弦外之音。世间已经没有可以值得问的人了。所以只好问苍天。这里不难看出纳兰对卢氏的早亡耿耿于怀，折射出对卢氏的那份深深的思念。没有爱人的相伴相守，再美的春景也是虚妄，便是"此去经年，应是良辰美景虚设。便纵有千种风情，更与何人说?"

"浆向蓝桥易乞，药成碧海难奔。若容相访饮牛津，相对忘贫"。"浆向蓝桥"这里用了裴航的典故，是说恋人未入宫前结为夫妇是很容易的。纳兰写到这里该是想起了当年妻子和自己一起吟诗作对、红袖添香、你侬我侬的甜蜜生活。可回忆是美好的，现实却是"药成碧海难奔"似的苦痛。这个典故来自李商隐的《嫦娥》："云母屏风烛影深，长河渐落晓星沉。嫦娥应悔偷灵药，碧海青天夜夜心。"大概是讲嫦娥费尽心机偷吃了不死之药羽化成仙，但她却只能永远在月宫中苦苦品尝着寂寞孤独的滋味，这里纳兰借用典故是体现出纳兰和妻子卢氏之间纵有深情却不能相见的苦涩哀愁，犹如后弈和嫦娥，一在高悬明月，一在广袤大地，相见遥遥无期。若容相访饮牛津，相对忘贫。"饮牛津"是一个来自《博物志》的类似《桃花源记》的奇幻故事，大意是一个人乘坐海上的浮槎游览天河，在茫茫宇宙中看到城郭喧嚣，屋舍甚严，遥望宫中多织妇，见一丈夫牵牛渚次饮之。后来才发现他偶尔到访的是牵牛星，看到的恩爱夫妻是牛郎织女。回顾了美好的过去和苦涩的现实后，我们的纳兰不禁感概，如果自己能和相爱的她像牛郎织女般相守，自己宁愿忍受贫穷卑微的现实生活，对爱情的渴望可见一斑。可是，牛郎织女也终究是一年得见一回，自己的恋人也相隔两地，这种向往也终究只能是向往了。

下阕笔锋转折连用典故，在小令中频繁用典故一般视为大忌，因为稍不留神就容易陷入晦涩难懂、卖弄文采的怪圈。纳兰的这首《画堂春》用典讲究完美，即使是像这样的连续应用典故也丝毫不显生涩，更没有堆砌的感觉。两个截然不同的典故用在一起不冲突，并且有相互推动的感觉，丰富了词义这一点是非常难得的。而且他将满腔的情思编成密码，隐藏在每一个典故后面。博学而不晦涩，细腻而不露骨。难怪他被称为满清第一才子也！

铮铮铁骨的男儿纳兰，用悲情的诗词倾诉做对恋人铭心刻骨的思念。他作为贵族公子和皇帝的宠臣却有着如此的情怀。起初在清朝入主中原的时候，纳兰身手敏捷也曾有着豪气冲天志向深远的抱负。在如血般坚强与忠诚之下，依然包含着一颗细腻却敏感的心。在我们读完他的诗词以后，当我们慢慢在词中寻觅到踪迹的时候，我们会发现他不是人间的富贵花，他根本就是谪仙一般的人物，或者可以说他是一个痴人，痴情的人。伤心人不是另有情怀，而是恋你千年执手千年的忠贞。

悲情总会让我们深深陷入焦虑和无奈，纳兰则以铁骨铮铮男儿之身演绎着绵绵情怀，叫人唏嘘不已。纳兰给我们留下了千古绝唱，使人浮想联翩感慨万千而不及。携手恋人风花雪月中的赏心悦目，琴瑟泠泠。但恋人早逝，回眸无尽依依不舍中五里一徘徊！一个憔悴的人，一颗破碎的心，一片残叶在风中漂浮。欲泣无泪。还有谁能来安慰纳兰的这颗破碎的心，还有谁能陪他弹唱琴瑟，那七弦不再发出泠泠之音，孤身在西风中泠泠和忧伤。

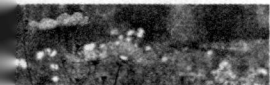

海棠亦如人

——《咏白海棠》

薛宝钗篇

珍重芳姿昼掩门，自携手瓮灌苔盆。

胭脂洗出秋阶影，冰雪招来露砌魂。

淡极始知花更艳，愁多焉得玉无痕？

欲偿白帝宜清洁，不语婷婷日又昏。

林黛玉篇

半卷湘帘半掩门，碾冰为土玉为盆。

偷来梨蕊三分白，借得梅花一缕魂。

月窟仙人缝缟袂，秋闺怨女拭啼痕。

娇羞默默同谁诉，倦倚西风夜已昏。

(清)曹雪芹

　　清时都门大多有结社、吟咏诗歌、赏花盛行的闲情逸致，是当时社会十分流行的一种风尚，大观园的才子佳人自然也不例外。曹雪芹妙笔生花，借大观园的诗社之名，写尽了高洁志趣，古时候的浪漫。仅仅是一朵盛开的白海棠，也能赢得众人的青睐。才思泉涌，良辰美景怎堪虚度。海棠诗中既有隐含众人身世命运的精巧绝妙，也正中作者描摹情思、埋下伏笔的下怀。冥冥注定，宝钗和黛玉的七律被众人奉为绝佳，难以取舍，各有偏好。李纨评价黛玉的诗"风流别致"，宝钗的诗"含蓄浑厚"，可见，个人风格，行文上各是别有一番洞天。

　　宝钗善于洞察他人心扉，好似一颗晶莹剔透的玻璃珠，圆滑而值得把玩。她的才思，普通人自然也是不能与其相提并论。她修炼爱情的悲欢，那些努力不简单，挖空了心思折断了愁肠，在宝玉心目中还抵不上黛玉脸上的一滴清泪。她心有不甘，更加步步小心谨慎，为未来做着精细的打算。但这些丝毫不能遮掩宝钗心中不与他人苟同的傲气。"胭脂洗出秋阶影，冰雪招来露砌魂。"这华丽的辞藻更像是对自己的希冀。有着洗尽铅华的淡淡的忧伤和冰清玉洁的纯净灵魂。那是内心深处无法碰触的纯粹与执着。黛玉则是另一种风韵。她对俗人俗事俗世有着本能的免疫。她不屑于创立、完善助自己一臂之力的关系网络，自然纷扰不断。她总是人心人情，天色由晴转阴，是种天象；落花纷纷入土，是幅画面；婉转的笛音，是首乐曲……我们看来再平淡不过的日子，在黛玉的眼中却化作点点滴滴、刻骨铭心的忧伤。她为晴空不再而惋惜，为花期短暂时光易老而踌躇，为乐音伤感而落下簌簌的泪水。旁人看来是娇气，是软弱，甚至于神经兮兮。可她终归遇到了心意相通的意中人。她的一颦一笑，一举一动，一音一貌，无不牵动着宝玉的柔肠。可惜爱情终归抵不过残酷的现实，工于心计的宝钗轻易赢得孤高清傲的黛玉。黛玉与自己的心绪和真情苦苦搏斗挣扎，正可谓是呕心沥血，身上常氤氲着让宝玉爱怜不已的丝丝药香。

在那样的沉默素白年代，也许就是不允许太张扬的相爱。黛玉的一句"偷来梨蕊三分白，借得梅花一缕魂。"与雪芹之祖曹寅有"轻含豆蔻三分露，微漏莲花一线香"的诗句有着异曲同工之妙，想必也是作者在这个天赋异禀、孤清高洁的女人身上所倾注下的感情吧。

有时候我们所深爱的无法忘怀的并不是那个人，而是自己所深爱的感觉。两个女人却在同一个少年身上倾注下相同的思念的痕迹，想必心中也是波涛汹涌。像是宝钗的"欲偿白帝宜清洁，不语婷婷日又昏。"她又何尝不想不闻不问世事纷扰，只沉浸在自己的一片诗情画意中。可是她没有这样的骄傲资本，她是逆境中的强者，无论是感情还是现实，她都绝不轻言放弃。

黛玉则不同。她追求至真至美至纯的爱恋，仿佛世界只是自己的一座厅堂。她所厌恶的尔虞我诈，金缕浮华从来不沾不碰，她所爱慕的诗词歌赋，五言七律，唐诗宋词，金石字画也是有不可小觑的成就，就是这样爱憎分明的女子，竟在痛苦折磨中抱憾而终。而宝玉，从此心扉紧闭，投入佛堂，只为了心中的永恒的伤痛和怀念。

"娇羞默默同谁诉，倦倚西风夜已昏。"从此观来，黛玉是羞涩的，是安静的，是不求热闹只求快活的。她不愿在纷繁红火的场合呼风唤雨，相互打量，只愿与心爱的人在角落中一盏青灯下陪伴到天明。只是这样渺小的心愿，都被残忍地扼杀、剥夺。只因人心贪婪，都想着往高处攀，只因朝代腐朽，不容得一丝纯真眷恋。

海棠花开得极盛，纯白无瑕，香气满溢。那样的纯净，毫无疑猜，真真是难寻。如使我们所幸得来关怀，得之我幸，失之我命，不再做无用的追念。只因岁月荏苒，人心易改。

"年年岁岁花相似，岁岁年年人不同。"我们用不同的眼光眺望着相同的风景，于是有了不一样的人生。希望我们总能看到眼前最美的希望，不去想，不去看，那人心不堪，只得深深防守，就像海棠繁茂粗壮的枝叶，是它最有力的盾牌。

在那样的风景中，在那样美的年华里，所幸他们相遇，在天空蔚蓝澄澈，微风轻轻飘拂的午后，赏花吟诗。"人生若只如初见"，便不会有后来悲凉的人事变迁，沧海桑田。他们不去想以后，只是贪恋着不可再现的流年。倘若一切重演，我相信，他们依然会向墙角的阴影处投下阵阵银铃般的欢声笑语，留下清澈的流转眼波，伴着深情的眼眸。

　　但愿在我们的生命中有足够的深爱值得托付，有深爱的景致值得怀念。如一首交响乐，在最恰当的时刻，揭开序幕，展开前奏，涌入高潮，终入尾声。愿我们的躯体和灵魂，总有一个在旅途上，如开得正好的纯白海棠，不被俗物所累，不被俗人所念，用真心和情感编织出一场美好的愿景。

　　海棠花开，人心如深海，但我们总在最深的绝望里看最美的风景。已是一世的弥足珍贵，无可替代。

吹箫忆故人

——《绮怀诗二首》 （其一）

几回花下坐吹箫，银汉红墙入望遥。

似此星辰非昨夜，为谁风露立中宵。

缠绵思尽抽残茧，宛转心伤剥后蕉。

三五年时三五月，可怜杯酒不曾消。

（清）黄仲则

夜晚时分，微风习习，月色明媚，晚景无限，奈何却无人共赏，如此美景也丝毫打动不了我沉寂的心。多少次孤身一人，独坐在花下，唯有那多情的箫陪伴着寂寞的我，一曲一曲打散无数的夜。仰望星空，天上的街市似乎热闹非常，可是却无奈无法置身其中，银河、红墙对我来说是那样地遥不可及，恨自己不能插上一双翅膀，抑或如牛郎般也是无限幸福。

思绪飘荡，夜景依旧楚楚动人，可是眼前的星辰已不是昨夜的星辰，寒风中，孤身一人我为了谁在风露中伫立呢？独立中庭，冷露无言打湿衣裳，可我却丝毫感觉不到，情愿打湿心灵、冷冻思念，或许痛苦就少了无数。月上梢头，月下西山，不知不觉一夜又悄然地离去，明天是否明月依旧，孤身一人呢。

斗转星移，一天一天，无尽的思念等待的是无限的失望，缠绵无限的情思如抽丝的蚕茧，婉转的心已经像被剥的芭蕉。十五年时十五月，时光转移，思念却日渐增加，愁绪无边，可叹这善解人意的美酒也无法消除这愁苦，充溢这苦涩的无奈。

"绮"本是美丽漂亮的丝织品，是"美丽"的代名词，"绮怀"应该是一种美丽的情怀，可是诗人要表达的却是一种爱情破灭后的绝望和无助，用此题目更加表现诗人的愁苦之情。诗人年轻时与表妹两情相悦，却没有完美的结局。回忆里都是美好的情景，可是现实是残酷无情的，无限感伤充溢着整首诗，夹杂着甜美的回忆和苦涩的现实，在一天一天酝酿成无助的绝望。

明月相伴，多情的人花下吹箫，是多么动人的场景。在这浪漫的晚上相遇在月光下、花丛中，多么美的邂逅。有过无数浪漫的场景，缱绻如画的动人。开始是多么的诗情画意，然而现如今红墙近在咫尺，我却感觉如此遥不可及。也许没有回忆就不会有痛苦，多情的人总容易在回忆里加深痛苦和无助。

"似此星辰非昨夜，为谁风露立中宵"是这首诗最美的一句，也是我最喜欢的一句。星辰依旧，可是没有你的相伴，这美景也失去了光彩，物是人非，星空已不似以往那样善解人意，此情此景，只会让人无限感伤，星空都能如此依旧，为什么我们的感情却不能长久呢？日月变换是自然的规律，可是我却希望，它能永远为我们停留在那时。可惜美梦永远不能成真，伫立在这冷露寒风中，幻想着哪怕一瞬的成真，确实那样困难。风露冷却了一切却依然冷却不了我内心的思念、愁苦。

诗人的绝望和无助让人心痛，两情相悦却无奈现实的残酷，我们只能在遗憾中感慨诗人的痴情。但是，诗人至少曾经有过如此美好的回忆，至少在失去之后还可以在回忆中寻找那份深情，这对于那些单相思的人来说已经很是幸福了。两情相悦、长相厮守，白头到老应该是最美的爱情，也是最圆满的爱情，可是现实总是残酷的，有太多的爱情悲剧，古今中外，似乎到处都有，随处可见。刘兰芝与焦仲卿、罗密欧与朱丽叶、崔莺莺与张生、杜十娘与李甲、贾宝玉与林黛玉、孟姜女与万杞梁、李益与霍小玉、陆游与唐婉，数不胜数。

一直觉得古人用情很深，不管是亲情、爱情还是友情。刎颈之交、生死之交、莫逆之交、忘年之交、贫贱之交、患难之交，这些成语背后都有一段感人至深的友情故事，"君有奇才我不贫"、"海内存知已，天涯若比邻"、"同是天涯沦落人，相逢何必曾相识"、"莫愁前路无知己，天下谁人不识君"，太多太多的诗句也见证了古人至深情谊。"谁言寸草心，报得三春晖"、"烽火连三月，家书抵万金"、"独在异乡为异客，每逢佳节倍思亲"、"想得家中夜深坐，还应说着远行人"，这些诗句不仅显示了他们优秀的文采，更加流露出他们对于家的思念和对家人的深厚感情。对于爱情，古人更是用情至深，甚至是痴情。苏轼与妻子"十年生死两茫茫"却依然相思成疾，陆游与唐婉被迫分离十年之后，见面依然泪流满面，如若不是内心深处真挚的情谊和失去爱人后的无限愁苦和再见已是他人妻的怅然，也不会有这千古绝唱《钗头凤》："红酥手，黄滕酒。满城春色宫墙柳；东风恶，欢情薄，一怀愁绪，几年离索，错、错、错！春如旧，人空瘦。泪痕红浥鲛绡透；桃花落，闲池阁，山盟虽在，锦书难托，莫、莫、莫！"

现代社会越来越发达，无论经济、科技还是物质生活又远远优越于古代，可是人的感情却在一天天地淡化，很少再有那至深的情谊。人与人之间的关系变得那么冷漠，甚至在危及生命的紧要关头也袖手旁观，事不关己高高挂起。是什么让现代人如此冷漠，人与人之间的距离如此遥远，似乎在困扰着我们每一个人。有人说是法律不健全，如若连人最基本的感情都要通过法律来约束，那人们还有什么感情值得相信。舐犊之情、反哺之情，这些最本能的感情都必须在法律的逼迫之下来完成，社会到底在进步什么呢？如果这样，我情愿生活在落后的古代，至少我们还有真挚的感情。也许以后只能在电视里看到感人的亲情、真挚的友情和动人的爱情了。多少年后，也许亲情、友情、爱情这些词语都会渐渐消失了，现在我们尚且可以感受到古人留下的至深情谊，可是我们能留给后代的是什么呢？